Bruder Ty
in Zusammenarbeit mit Christopher Buckley
und John Tierney

Gott ist mein Broker

Bruder Ty
in Zusammenarbeit mit
Christopher Buckley und John Tierney

Gott ist mein Broker

Wie ein einzelner Mönch sein Kloster rettete
und die Siebeneinhalb Gesetze™ des geistigen
und finanziellen Wachstums entdeckte

Deutsch von Gertraude Krueger

Goldmann Verlag

Die Originalausgabe erschien unter dem Titel
»God ist My Broker« bei Random House, New York

Umwelthinweis:
Dieses Buch und der Schutzumschlag
wurden auf chlorfrei gebleichtem Papier gedruckt.
Die Einschrumpffolie (zum Schutz vor Verschmutzung)
ist aus umweltfreundlicher und recyclingfähiger
PE-Folie.

Der Goldmann Verlag
ist ein Unternehmen der Verlagsgruppe Bertelsmann

1. Auflage

Satz: Uhl + Massopust, Aalen
Druck: Presse-Druck, Augsburg
Bindung: Großbuchbinderei Monheim
Printed in Germany
ISBN 3-442-30777-5

Für den Abt,
in dem Bewußtsein, daß die Gnade und
Barmherzigkeit Gottes unendlich sind

Anmerkung des Verfassers

Jedes Kapitel dieses Buches schließt mit einem der Siebeneinhalb Gesetze™ des geistigen und finanziellen Wachstums. Auf jedes Gesetz folgt eine »Marktmeditation« zum tieferen Verständnis des Gesetzes. Diese »Meditationen« sind im wesentlichen das Werk von Christopher Buckley und John Tierney, die der Verlag in letzter Minute hinzuzog, damit sie, wie es hieß, »das Ganze ein bißchen aufpeppen«. Die Zusammenarbeit gestaltete sich manchmal nicht einfach. Zwar hege ich keinerlei Zweifel an der beruflichen Kompetenz der Herren Buckley und Tierney, doch verlangt die Übertragung spiritueller Prinzipien in allgemein verständliche Lehren ein besonderes Feingefühl. Wir waren uns nicht immer einig, wie die »Meditationen« in Worte zu fassen sind; der Verlag hielt uns allerdings mehrfach vor Augen, sie seien unverzichtbar und »auf dem Lebenshilfesektor des Buchmarkts heutzutage ein Muß«. Ich habe das so verstanden, daß das Buch andernfalls nicht erscheinen würde. Daher habe ich mich gefügt; aber der Leser wird hoffentlich erkennen, daß die in diesen »Meditationen« zum Ausdruck kommenden Techniken und Beispiele – von der Gesinnung ganz zu schweigen – nicht die meinen sind.

Aus einleuchtenden Gründen bin ich mit manchen Gegebenheiten in dieser Erzählung recht frei umgegangen. Gewisse Details in Leben und Werk des heiligen Thaddäus von Thessalien sind unter Historikern umstritten. Ich versichere jedoch, daß jedes Wort aus den Werken anderer Autoren richtig zitiert wird, auch wenn das bisweilen schwer zu glauben ist.

Bruder Ty, Kloster zu Kana

Das erste Kapitel

Krisenstimmung im Kloster
Der Abt nimmt sich einen Guru
Ein göttlicher Tip

Der Tag begann wie alle Tage im Kloster zu Kana, mit Glockengeläut und dem Geschlurfe sandalenbeschuhter Füße über den rissigen Linoleumfußboden. Einst hatte dort glänzender Marmor gelegen, doch der war längst verkauft, um in unserer Zeit der Bedrängnis die dringendsten Bedürfnisse abzudecken. An die Armut waren wir mittlerweile gewöhnt, doch konnten wir an jenem kühlen Septembermorgen nicht ahnen, wie entsetzlich unsere Lage tatsächlich war.

Ich stand am Beginn meines zweiten Jahres im Kloster und war voll freudiger Erwartung, da ich nun nach dem traditionellen Schweigejahr wieder sprechen durfte.

Das ganze Jahr über hatte ich mich insgeheim gefragt, was meine Mitbrüder wohl von mir hielten. Ich hatte das Leben eines Börsenhändlers an der Wall Street gegen ein Leben der Kontemplation eingetauscht, meinen Aktenkoffer gegen den Rosenkranz, den Lärm des Börsensaals gegen Gregorianische Gesänge. Als ich einmal auf den Knien lag und das Linoleum scheuerte (wobei ich achtgab, nicht zu heftig zu schrubben, um es nicht noch mehr zu ruinieren), hörte ich Bruder Fabian zu Bruder Bob sagen: »Tja, ›Bruder Tycoon‹ hat offenbar teuer gekauft und billig verkauft!«

Diese spöttische Bemerkung verbreitete sich wie ein Lauffeuer, und seit dem Tag nannten mich die anderen Mönche nur noch Bruder Ty. Nie lastete das Schweigegelübde so schwer auf meiner Seele, doch dann rief ich mir in Erinnerung, daß ich eben darum Zuflucht vor der raffgierigen Welt gesucht hatte. Und um der Wahrheit die Ehre zu geben, so ganz unrecht hatten sie nicht. Am Tage meiner Entlassung sagte der Direktor zu mir: »Die Börse boomt wie noch nie. Wie hast du es da bloß geschafft, daß unsere Kunden so viel Geld verlieren?« Darauf wußte ich nichts zu antworten. Ich ging hinaus und machte mich auf zu Slattery's Bar weiter oben an der Wall Street.

»Schön' guten Morgen«, sagte Slattery. »Wie üblich?«

Wie *üblich*? Wie viele Vormittage hatte ich eigentlich hier verbracht, das *Journal* gelesen und Bloody Marys gekippt?

»Slattery«, gab ich zurück, »ich will dich was fragen, von Freund zu Freund: Bist du der Ansicht, daß ich zuviel trinke?«

Er sah mich nachdenklich an. »Nja, beeinträchtigt es deine beruflichen Leistungen?«

»Jetzt nicht mehr«, antwortete ich wahrheitsgemäß.

Das ist so ungefähr alles, was mir von dem Tag noch erinnerlich ist. Als ich wieder zu mir kam, lag ich bäuchlings in einer Vorratskammer neben einer Kiste voller Flaschen mit der Aufschrift »Kana 20-20«. Mühsam und unter erheblichen Schmerzen erhob ich mich auf die Knie und nahm eine Flasche in Augenschein, die offenbar Rotwein mit einem Stich ins Orange-Gelbliche enthielt. Ich machte sie auf und trank ein Schlückchen. Obwohl ich noch nie eine Mischung aus Traubenlimonade und Batteriesäure probiert hatte, war ich plötzlich überzeugt, das müßte genau so schmecken wie die Flüssigkeit, die ich da im Mund hatte. Ich spuckte sie aus und torkelte auf die Toilette, um mir die grausigen Reste aus dem Mund zu spülen. Als Slattery mich fand, stand ich vor dem Spiegel und klaubte mir Stückchen aus den Zähnen, die wie Rostpartikel aussahen. Slattery wollte eigentlich Feierabend machen, doch ich bat ihn um eine Tasse Kaffee. Er schenkte sie mir an der Bar ein.

»Weißt du was«, sagte er, während ich den heißen Kaffee zu trinken versuchte und mich prompt verbrühte, »vielleicht bist du an der Wall Street gar nicht so gut aufgehoben. Manchmal, wenn ich dich morgens so angeschaut hab, da kam es mir vor, als wolltest du eigentlich nichts wie weg von hier. Dazu braucht man aber nicht zur Flasche zu greifen.«

Seine Worte setzten mir mehr zu als der Kaffee, wenn auch nicht ganz so schlimm wie der Wein. Vielleicht war ich doch nicht für die Wall Street geschaffen.

»Sieh zu, daß du hier wegkommst«, drängte er. »Geh aufs Land. Weiß du überhaupt noch, wie eine Wiese aussieht?« Er deutete auf einen Kalender, der mir auf die Entfernung hin eine ländliche Weide mit Kühen zu zeigen schien. Oder vielleicht auch Schafen. In meinem Zustand sah alles Gute, Schöne und Wahre gleich aus.

»Sind das da Schafe oder Kühe?« murmelte ich.

»Das sind Mönche, du alter Saufkopf.«

»Ach ja.« Das Bild zeigte eine Hirtenidylle. Mönche, die etwas Hirtenmäßiges und Idyllisches trieben. Vielleicht mit Schafen. Ich konnte mir immer noch kein Urteil anmaßen.

»Wieso Mönche?« fragte ich.

Er zuckte die Achseln. »Das sind die Leute, die Kana 20-20 machen.«

Ich erschauderte und kippte einen Schluck Kaffee hinunter. »Davon hab ich was in der Kammer verschüttet. Tut mir leid. Ich wisch's wieder auf.«

»Fürchterliches Zeug«, meinte Slattery. »Könnt' ich hier nicht anbieten. Ich geb' es den Wermutbrüdern. Aber es ist hübsch dort, und die Leute sind herzensgut, und hol's der Teufel, es geht ja um einen guten Zweck, nicht wahr?«

»Wovon«, sagte ich, »redest du eigentlich? Von Schafen oder Mönchen?« Inzwischen waren die Spiegel meiner Seele so weit entnebelt, daß ich die Szenerie auf dem Kalender erkennen konnte. Über den Mönchen im Weingarten sah man im Hintergrund ein Backsteingebäude und eine Kirche auf einem grünen Hügel. »Sieht tatsächlich hübsch aus.«

»Ich war mal da, als meine Frau gestorben ist«, erzählte Slattery. »Sie haben auch Gästezimmer – keinerlei Komfort, nur eine Schlafkoje. Es war der geruhsamste Urlaub meines Lebens. Das könnte dir gefallen. Auch wenn eine Weinkellerei im Moment wohl nicht gerade das richtige für dich ist.«

»Slattery«, sagte ich. »Das Gesöff könnten sie im Betty Ford Center auftischen, und keiner würde es trinken.«

Slattery lächelte, während ich weiter Kaffee in mich hineinschüttete. »Tja«, sagte er, »dann bist du in Kana vielleicht wirklich gut aufgehoben.«

»Wie weit ist das von hier?«

»Paar hundert Meilen«, sagte Slattery. »Wenn du in Kanada landest, bist du zu weit.«

Ich bin nicht in Kanada gelandet. Und aus der Woche im Gästehaus des Klosters zu Kana wurden zwei Jahre. So habe ich meinen Beruf verloren und meine Berufung gefunden.

Als ich an jenem Septembermorgen in die Gesänge der anderen Mönche einstimmte, war es ein tröstliches Gefühl, daß die materialistische Welt des seelenlosen Schaffens und Raffens in weiter Ferne lag.

Schon wollte ich wie gewohnt hinausgehen und schauen, ob die Weinstöcke durch den Nachtfrost Schaden gelitten hatten, da brach die materialistische Welt mit der Stimme des Abtes prompt über uns herein.

»Bevor ihr an eure Pflichten geht«, psalmodierte er, »versammeln wir uns im Calefactorium.[1] Ich habe euch etwas zu sagen.«

Wir scharten uns um die aufgeklappten Kartentische, die zusammengeschoben in etwa die Form des prachtvollen Florentiner Tisches aus dem 15. Jahrhundert ergaben, den wir verkauft hatten, um die Dachreparatur zu bezahlen.

Bruder Bob, der neben mir saß, sagte im Flüsterton: »Wieder eine Bekanntmachung. Was haben wir denn noch zu verkaufen? Uns selbst?«

Der Abt stand vor uns wie das leibhaftige Leiden Jesu Christi. Als Mittfünfziger mit einem Brustkorb wie ein Kleiderschrank hatte er im allgemeinen einen volldröhnenden Bariton und eine herzhafte Art, die uns die langen Wintertage über alle bei Laune hielt – und zweifellos auch dazu beigetragen hatte, daß er als Kapitän der Footballmannschaft zum Heiligen Kreuz legendäre Berühmtheit erlangte. An diesem Morgen jedoch sah das sonst so rotwangige Gesicht im schwachen Dämmerschein ausgemergelt und müde aus. Die Strapazen, ständig Geldeintreiber abzuwehren und

[1] Calefactorium: lat., wörtl. »beheizter Raum«. Der Ort, an dem sich die Mönche traditionsgemäß zu Besprechungen versammeln.

zusehen zu müssen, wie das Kloster buchstäblich in Stücke fiel, waren offenbar nicht spurlos an ihm vorübergegangen. In letzter Zeit war sein Benehmen unberechenbar; die älteren Mönche munkelten zuweilen, er murmele lateinische Obszönitäten vor sich hin. Jetzt lag etwas in seinem Blick, das ich noch nie gesehen hatte: der Ausdruck der Verzweiflung.

»Brüder«, sprach er zu uns. »Zuerst die gute Nachricht. Es steht wohl außer Zweifel, daß wir unser Armutsgelübde erfüllen.« Er hielt eine Handvoll Geld hoch. »Wir besitzen noch 304 Dollar. Unser Konto ist leer. Unser Kredit ist erschöpft. Wir haben nichts mehr von Wert zu verkaufen.« Er seufzte. »Es sei denn, die Antiquitätenhändler entdecken plötzlich ihr Interesse an unserem klassischen Linoleumboden. Wir haben noch ein einsatzbereites Fahrzeug, und der Tank ist dreiviertel leer. Wir können jede Hoffnung aufgeben, daß sich noch Gäste zur inneren Einkehr bei uns einmieten, wenn wir nicht bald etwas bezüglich der sanitären Anlagen und – woran Bruder Tom vollkommen unschuldig ist – der Verpflegung unternehmen.« Die letzten vier Monate hatten wir von Lebensmittelmarken und kistenweise Konserven mit Mais- und Bohneneintopf und roten Rüben gelebt, die, wie uns der edle Spender erklärte, ein paar Sattelschlepper auf der Autobahn verloren hatten.

»Ich habe mich noch einmal mit einem Appell an unsere Obrigkeit im Vatikan gewandt.« Unser Kloster war das letzte Überbleibsel eines einstmals blühenden Ordens, des Ordens des Heiligen Thaddäus. Unser Ordensgründer, ein inbrünstiger Büßer aus dem achten Jahrhundert, den Sultan Omar der Großmütige schließlich zum Märtyrer machte, hatte den Orden direkt dem Papst unterstellt. Doch seit einem unglücklichen Zwischenfall vor zehn Jahren waren unsere Beziehungen zum Heiligen Stuhl in Rom gespannt. Der Tradition gemäß hatte das Kloster die erste Kiste des neuen Weins dem Papst geschickt. Kurz nachdem Seine Heiligkeit ein Glas davon zum Abendessen getrunken hatte, wurde er von einer Erkrankung heimgesucht. Zwar konnte nie schlüssig bewiesen werden, daß unser Wein die Ursache seines Leidens war, doch ergab die chemische Analyse zahlreiche »Verunreinigungen«.

»Der Vatikan zeigte sich weiterhin abgeneigt, uns finanzielle Unterstützung zukommen zu lassen«, sagte der Abt. »Meine Ankündigung, dann müßten wir unsere Weinkellerei schließen, löste keinerlei Beunruhigung aus. Und ehrlich gesagt, kann man es ihnen verdenken?«

Der Abt sprach, als habe er Mühe, die Fassung zu bewahren. »Unsere Kelteranlagen sind hoffnungslos veraltet. Wegen der Probleme mit der Qualitätskontrolle haben sämtliche Weingroßhandlungen die Marke Kana aus dem Sortiment genommen, nur die von Bruder Theodors Onkel nicht. Und nun wird selbst er in seiner Treue und Frömmigkeit wankend. Onkel Leo hat mich gestern nach der Verkostung des Kana Nouveau angerufen. Er ist ein gütiger Mensch. Allerdings habe ich den Eindruck gewonnen, daß seine Mildtätigkeit arg auf die Probe gestellt wird.«

»Was hat er gesagt?« fragte Bruder Theo.

»Er hat mir eingehend geschildert, wie schwer es ihm fiel, den Wein nicht wieder auszuspucken. Er möchte uns zwar nicht im Stich lassen, wies aber darauf hin, daß ihm in ganz Amerika, und das auch in den am wenigsten gesegneten Gegenden, ja überhaupt in der ganzen industrialisierten Welt keine Spirituosenhandlung Kana abkaufen will – egal, zu welchem Preis. Er fragte an, ob wir je erwogen hätten, den Wein als industrielles Lösungsmittel zu vermarkten. Ich versicherte ihm, er habe gewiß eine schlechte Partie erwischt. Jedenfalls will er nächste Woche zu uns kommen und den neuen Jahrgang verkosten. Ich meine, wir sollten seinen Glauben nicht weiter auf die Probe stellen. Der Herr verlangt nicht von uns, daß wir Wasser in Wein verwandeln, aber aus Trauben müßten wir ihn wohl bereiten können. Sollte uns das nicht gelingen, suchen wir uns lieber ein anderes Gewerbe, denn wenn diese 304 Dollar weg sind, ist es aus mit Kana.«

Ein tiefes Schweigen trat ein, tiefer noch als die gewohnte klösterliche Stille. Bruder Algernon fragte: »Du meinst, das Kloster wird geschlossen?«

»Die Ordensregel des heiligen Thaddäus verlangt, daß wir autark sind. Der heilige Thad würde sicher nicht jauchzen und frohlocken, wenn er wüßte, daß wir uns mit Lebensmittelmarken über Wasser halten. Der Winter steht vor der Tür. Ich habe die Heizölrechnung vom letzten Jahr noch nicht bezahlt. Wenn euch keine alternative Wärmequelle einfällt, steht uns ein Winter ohne Heizung bevor, und das ist keine angenehme Aussicht in einem Klima, wo Temperaturen um zwanzig Grad minus an der Tagesordnung sind. Wir haben unser Leben alle nicht dem Wahnsinn – oder der Unterkühlung – geweiht.«

Ich wollte den Trübsinn vertreiben. »Vielleicht können wir den Heizkessel mit unserem Wein befeuern.«

Mein Bemühen um Frohsinn wurde schweigend aufgenommen. Einige Brüder warfen mir mißbilligende Blicke zu.

»Geht das denn?« fragte Bruder Jerome hoffnungsfroh.

Bruder Jerome, der sich um die Schweine und Hühner kümmerte, war für sein schlichtes Gemüt gleichermaßen bekannt wie für seine Frömmigkeit.

Der Abt stieß einen schweren Seufzer aus, wie gewöhnlich, wenn Bruder Jerome einen nützlichen Beitrag leisten wollte. »Wir werden das andächtig bedenken. Ich glaube, Bruder Ty wollte einen Scherz machen. Vielleicht war dieses eine Jahr des Schweigens noch nicht genug.« Er funkelte mich düster an. »Bruder, komm doch bitte nachher in mein Büro. Nachdem du mit Bruder Jerome den Schweinestall ausgemistet hast.«

Er sprach ein kurzes Gebet mit uns und schickte uns dann an unsere Arbeit. In reumütigem Schweigen mistete ich den Schweinestall aus. Als das getan war, ging ich zum Abt.

Er saß in ein Buch vertieft an seinem Schreibtisch, einem alten Türblatt, das über zwei tristen metallenen Aktenschränken lag. »Oh, Bruder Ty.« Er schlug das Buch zu und sah, daß ich den Titel las.

DER KREATIVE WEG ZUM WOHLSTAND
Bewußtsein und Reichtum auf dem Felde der unbegrenzten Möglichkeiten
Dr. med. Deepak Chopra

»Kennst du den?« Er las aus dem Klappentext vor. »›Mit klarer und schlichter Weisheit ergründet Deepak Chopra die wahre Bedeutung von Bewußtsein und Reichtum und geleitet den Leser Schritt für Schritt auf den Weg zu Wohlstand und einem ganzheitlich erfüllten Leben.‹ Seine Bücher haben Millionenauflagen erreicht. Ich habe gehört, daß er ständig im Fernsehen auftritt, im Bildungsprogramm.«

»Du willst doch nicht im Ernst ...« Ich hielt inne. Dem armen Kerl war anzusehen, daß es ihm tatsächlich ernst war. Er war mit seinem Latein am Ende. Ich versuchte, die Sache mit Humor zu nehmen. »Das Feld der unbegrenzten Möglichkeiten – ist das da, wo man nicht sät und nicht erntet, und der himmlische Vater ernährt einen doch?«

»Soweit bin ich noch nicht. Er hat da so ein System – ›Der Weg zum Wohlstand von A bis Z‹. Dahinter steckt entweder eine tiefgründige Weisheit, oder es ist ...«

»Absoluter Schwachsinn?«

»Ehrlich gesagt fand ich Thomas von Aquin einfacher zu verstehen. Mir ist vollkommen schleierhaft, wovon der Mann redet. Darum wollte ich dich sprechen. Du hattest doch an der Wall Street viel mit reichen Leuten zu tun. Chopra hat offenbar eine große Anhängerschaft. Was hältst du denn von ihm?«

»Tja«, meinte ich ausweichend, »ob er zum Weinbau viele praktische Tips auf Lager hat, wage ich zu bezweifeln.«

»Schauen wir mal unter W nach«, sagte er und blätterte. Er las vor:

»W steht für Wohlstandsbewußtsein ohne Wenn und Aber. Wohlstandsbewußtsein bedeutet, sich um Geld keine Sorgen zu machen. Wer wahrhaftig wohlhabend ist, der macht sich keine Sorgen, daß er sein Geld verlieren könnte, denn er weiß, daß es da, wo das Geld herkommt, unendlich viel davon gibt.

Mein Lehrer Maharishi Mahesh Yogi wurde bei der Erörterung eines Weltfriedensprojektes einmal gefragt: ›Und wo soll das ganze Geld herkommen?‹ Und er antwortete ohne Zögern: ›Von da, wo es im Augenblick ist.‹«

Der Abt warf einen verzweifelten Blick auf das Preisetikett hinten auf dem Buch. »Vierzehn Dollar habe ich dafür bezahlt. Dieses Geld ist jetzt unterwegs zu Deepak Chopra. Da ist also mein Geld im Augenblick. Die Frage ist nur, wie bringe ich es dazu, daß es wieder zurückkommt.«

Ich sagte: »Vielleicht hättest du die vierzehn Dollar für eine Flasche Wein ausgeben sollen. Zu dem Preis kriegst du einen ohne Rostpartikel drin.«

»Wahrscheinlich hast du recht. Ich hätte statt dessen in den Spirituosenladen gehen sollen. Da ist auf jeden Fall der gute Wein im Augenblick.«

Plötzlich veränderte sich seine Miene. Er starrte den Text mit neuer Eindringlichkeit an. *»Von da, wo es im Augenblick ist... Von da, wo es im Augenblick ist...«*

Er stand auf. »Bruder Ty, ich habe einen Auftrag für dich.«

Ich rätselte noch über das, was der Abt vor sich hin gebrummt hatte, als ich mit unserem Ford Pick-up Baujahr '78 in die Stadt fuhr. Er hatte mir die letzten 304 Dollar von Kana übergeben und mich angewiesen, in den Spirituosenladen zu gehen und sie in sechs Kisten eines »anständigen chilenischen Tafelweins« zu investieren. Ich sagte mir immer wieder, er wolle den Wein bestimmt analysieren, um unser eigenes Gesöff zu veredeln. Doch während das Chassis über die Landstraße ratterte, ließ mir die Frage keine Ruhe: Wozu braucht er dann so viel Wein? *»Von da, wo es im Augenblick ist.«* Das erinnerte verdächtig an die Antwort von Willie Sutton, der auf die Frage des Richters, warum er Banken ausraubte, gesagt hatte: »Weil da das Geld ist.«

Gewiß hatte der Abt nichts Unziemliches im Sinn. Der Abt des Klosters, dessen Name auf das erste Wunder unseres Herrn zurückging, würde doch nicht einen Wein in einen anderen verwandeln! Sicher sollten wir doch unsere eigene Marke verbessern und nicht etwa fremden Wein in unsere Flaschen füllen, nur um Onkel Leo an der Nase herumzuführen. Jedenfalls konnten wir es uns wohl schwerlich leisten, so viel »anständigen chilenischen Tafelwein« zu kaufen, daß wir unseren Kunden auf Dauer etwas vormachen konnten. Der Abt, versuchte ich mich zu beruhigen, war ein gottesfürchtiger Mensch, ein frommer Mensch, ein guter Mensch, der für das Leben der Kontemplation eine vielversprechende Karriere als Footballprofi aufgegeben hatte. Um innerlich zur Ruhe zu kommen, meditierte ich über mein Folgsamkeitsgelübde.

Auf dem Gipfel eines Hügels hörte ich ein lautes Knirschen irgendwo im Getriebe, und dann stieg Rauch auf. Ich fuhr rechts ran. Ein vorbeikommender Autofahrer war so nett und rief über sein Handy eine Werkstatt an. Eine Stunde später saß ich untröstlich in Clark's Garage. Clark wischte sich das Öl aus dem Gesicht und erklärte mir, daß ein neues Getriebe 650 Dollar kosten würde. Ich zeigte ihm meine 304 Dollar und erläuterte, dies sei Kanas gesamtes Vermögen. Das rührte ihn, und er ging an die Arbeit. »Ich werd's versuchen«, sagte er. »Aber ich kann nicht garantieren, daß wir für so eine Antiquität noch Ersatzteile finden.«

Ich rief im Kloster an und informierte den Abt. Er nahm die Nachricht nicht gut auf. Immer wieder fragte er: »Und der Wein? Und der Wein?« Ich konnte mich einfach nicht verständlich machen.

Plötzlich gab er einen Schwall von Ausdrücken von sich,

wie ich sie seit meiner Zeit auf dem Parkett der Hochfinanz nicht mehr gehört hatte. Der Mann tat mir unendlich leid. Allmählich forderte der Streß seinen Tribut. Ich versuchte ihn zu beruhigen, so gut es ging, und wagte sogar einen kleinen Scherz: »Jedenfalls wissen wir jetzt, wo unser Geld im Augenblick ist.« Er lachte nicht. Es gab ein lautes Geklapper, das sich anhörte, als ob ein Telefonhörer auf Linoleum fällt.

»Hallo?« rief ich. Schweigen. »Hallo?«

Kurz darauf meldete sich Bruder Felix voller Sorge. »Was hast du dem Abt erzählt?« Ich erklärte die Sache mit dem Getriebe und den 304 Dollar.

»Ich würde ihn für den Rest des Tages in Ruhe lassen«, flüsterte Bruder Felix. »Er hat das nicht gut verkraftet.«

»Was macht er jetzt?«

»Er hat sein Cinctorium[2] abgenommen und geißelt ein Buch damit.«

»Ich glaube, ich weiß, welches Buch das ist.«

»Ich geh mal und kümmere mich um ihn«, sagte Bruder Felix und legte auf.

Clark rief einen Großhändler an, und nach fünf Minuten in der Warteschleife stellte er das Telefon auf »Lauthören«, um wieder unter der Motorhaube zu verschwinden. Aus dem Lautsprecher dröhnte nervtötende Musik von einem dieser Sender, die sich »progressiv« nennen. Heutzutage ging es in Amerika wohl nicht an, die Kunden mit Stille am Telefon zu foltern.

Es ging auf die Mittagszeit zu, und so holte ich mein Brevier hervor, das Gebetbuch, das jeder Mönch ständig bei sich

---

[2] Cinctorium: Eine dicke Kordel, die als Gürtel um die Taille getragen wird.

trägt. Siebenmal am Tag, zu festgesetzten Zeiten, sprachen wir unser »Offizium«, den täglichen Gebetszyklus: Matutin, Prim, Terz, Sext, Non, Vesper, Komplet. Ich schlug die Lesung in der Mittagshore des heutigen Tages auf und versuchte, sie still für mich zu sprechen. Dabei mußte ich gegen den Krach aus dem Lautsprecher ankämpfen.

Ich habe den Moment noch lebhaft in Erinnerung. Ich versuchte gerade, mich auf die Stelle zu konzentrieren, wo Unser Herr einem Besessenen die Teufel austreibt – wobei ich an den armen Abt denken mußte –, da donnerte die Stimme eines Rundfunkansagers aus dem Lautsprecher. Es war eine Stimme aus der Vergangenheit, die Stimme der Wall Street, energisch und drängend.

»Nach dem Bericht des Landwirtschaftsministers über die Agrarproduktion könnte es heute nachmittag zu einer gewissen Bewegung kommen, wobei sich vor allem Schweinebäuche unbeständig zeigen werden.«

Ich versuchte, die Stimme am Telefon zu ignorieren. Hebe dich hinweg von mir, Satan! gebot ich. Dann vertiefte ich mich wieder in mein Brevier und las, wie dem Besessenen die Teufel ausgetrieben wurden. Auf der Seite vor mir standen folgende Worte:

Da fuhren die unsaubern Geister aus und fuhren in die Säue; und die Herde stürzte sich von dem Abhang ins Meer (ihrer waren aber bei zweitausend) und ersoffen im Meer.[3]

Jetzt war *ich* besessen. »Darf ich mal telefonieren?« fragte ich Clark.

---

[3] Markus 5, 13

Mein alter Freund Bill war, gelinde gesagt, erstaunt über mein R-Gespräch.

»Himmel, Arsch und Zwirn«, brüllte er beinahe, »stimmt das, daß du jetzt im Kloster steckst?«

Ich bestätigte ihm das; er entschuldigte sich für seine Ausdrucksweise. Ich kam gleich zur Sache: »Bill, du warst doch immer ein großzügiger Spender. Jetzt hast du eine einmalige Gelegenheit, der alten Mutter Kirche beizustehen.« Ich erläuterte ihm die finanzielle Lage von Kana. Dann ging ich aufs Ganze: »Ich hab einen brandheißen Tip, daß Schweinebäuche demnächst abstürzen.«

Bill war deutlich erregt. Er gähnte. »Ist dieser Tip so heiß wie alle deine anderen?«

»Bill«, sagte ich, »ich weiß, daß ich mich nicht gerade mit Ruhm bekleckert habe. Aber bei dieser Quelle sieht das anders aus.«

»Bist du wieder betrunken?«

»Bill, ich habe seit zwei Jahren keinen Tropfen angerührt. Das Zeug, das wir da herstellen, würdest du auch nicht trinken. Darum geht es ja gerade.«

»Wie meinst du das?«

»Ach, egal. Ich schwöre dir zweierlei. Erstens, ich bin nüchtern. Zweitens, das ist die einzige Chance, die das Kloster noch hat. Ich muß mir für einen Nachmittag zwei Riesen pumpen.«

»*Zwei Riesen?*«

»Bill, für dich ist das doch ein Klacks.«

Es trat eine lange Pause ein. Endlich sagte er: »Ich sehe das als verfrühte Weihnachtsspende an. Okay, du willst also für zweitausend Schweinebäuche leerverkaufen?«

»Ja.« Ich bemühte mich um einen zuversichtlichen Ton,

während wir die Einzelheiten der Spekulation aushandelten, daß Schweinebäuche an der Warenbörse absacken würden.

»Okay«, sagte er. »Alles klar. Wie kann ich dich erreichen?«

Als Clark endlich die Ersatzteile aufgetrieben hatte, war es später Nachmittag. Der Wagen würde erst anderntags fertig werden, daher fuhr ich per Anhalter zurück nach Kana. Ich wurde ziemlich rasch mitgenommen. Für trampende Mönche bremst fast jeder.

Ich ging sofort zu der Zelle des Abts. Vor der Tür standen mehrere äußerst besorgt dreinblickende Mönche herum. Sie erklärten mir, der Zustand des Abts habe sich seit meinem Anruf weiter verschlechtert. Nach der Geißelung des Buchs hatte er es offenbar mit dem Ruf: »Ego te expulso!«[4] in den Kamin geworfen. Man konnte ihn nur mit Mühe davon abhalten, dem Buch ins Feuer hinterherzuspringen. Da beschloß man, Dr. Cooke zu rufen, einen liebenswürdigen Psychiater, der in einem nahe gelegenen Gefängnis arbeitete. Er war jetzt bei ihm. Bruder Felix sagte: »Dr. Cooke hat den Ausdruck ›Realitätsverlust‹ gebraucht. Ich glaube, wir haben das früher Nervenzusammenbruch genannt.«

Ich hielt mit den Brüdern Wache und sandte meine armseligen Gebete für die Genesung des Abts gen Himmel. Ich machte mir Vorwürfe, daß ich nicht berücksichtigt hatte, unter welchem Druck er stand, und nicht bedacht hatte, was mein Anruf anrichten könnte.

---

[4] Lat.: »Ich vertreibe dich!« Der traditionelle Kirchenspruch bei Exorzismen und Ketzerverbrennungen.

Endlich kam Dr. Cooke aus der Zelle. »Ich habe ihm eine starke Spritze gegeben«, sagte er. »Ihr solltet ihn aber im Auge behalten, er ist ja ein kräftiger Bursche. Er hat sich jetzt beruhigt, faselt aber ständig etwas daher von ›Da ist es im Augenblick‹. Stammt das aus einem Gebet?«

Die Mönche schüttelten die Köpfe. Ich hielt es für das beste, die Meditation des Abts nicht weiter zu erläutern.

In dem Moment kam Bruder Algernon und sagte, da sei ein dringender Anruf für mich. Es war Bill.

»Tja, Bruder, du hast eine gute Quelle da in deinem Kloster. Schweinebäuche sind gepurzelt, genau wie du gesagt hast.«

»Um wieviel?«

»Bei Börsenschluß warst du um 27 000 Dollar reicher. Auf welchen Namen soll das verbucht werden?« Er machte eine kurze Pause. »Willst du immer noch mit dem Kloster teilen?«

Ich legte perplex auf. Das war der erste anständige Börsentip, den ich je bekommen hatte, und er kam von – Gott. Der Herr hatte unser Gebet erhört, uns würde nicht mangeln. Ich habe das Wort »Wunder« stets mit Vorsicht gebraucht, doch wie anders ließ sich erklären, was an dem Nachmittag in Clarks Autowerkstatt geschehen war?

Ich eilte, dem Abt die gute Nachricht zu überbringen, und hoffte, das würde ihn aus den Abgründen der Verzweiflung emporholen.

»Vater Abt?« Ich trat in seine Zelle. Er saß aufrecht im Bett und hatte einen merkwürdig glasigen Blick. »Wie geht es dir?«

»Bene. Et tibi?«[5]

[5] Lat.: »Gut. Und dir?«

Ich hatte ihn noch nie lateinische Umgangssprache sprechen hören. Unbeholfen versuchte ich zu antworten. »Dominus vobiscum.«[6]

Er redete eine ganze Weile, sei es über das Wetter oder über das kaputte Auto. Meine Lateinkenntnisse waren so, daß ich nur wohlwollend nicken und bisweilen ein »Certe!«[7] einwerfen konnte. Schließlich sagte ich: »Vater, ich habe wunderbare Neuigkeiten.«

»Quid?«[8]

»Könnten wir nicht aufhören, lateinisch zu sprechen? Nur für ein Weilchen?«

»Latinam linguam Dei est.«[9]

»Das ist unbestritten, aber ich weiß nicht, was Schweinebäuche auf Latein heißt.«

»Abdomeni porcorem.«

»Ich will lieber gleich zur Sache kommen«, sagte ich. »Ich weiß, das klingt wie Gotteslästerung, aber als ich da in der Autowerkstatt mein Offizium las, hatte ich eine Eingebung, ich sollte an der Börse spekulieren. Ich habe einen alten Freund angerufen und ihn überredet, darauf zu setzen, daß Schweinebäuche in Kürze rapide an Wert verlieren. Und was glaubst du – genau so ist es gekommen.«

»Quid?«

»Wir haben 27 000 Dollar verdient.«

»Quid?«

»Da, ich will es dir aufschreiben.« Ich griff zu dem Block neben seinem Bett und schrieb:

---

6 »Der Herr sei mit euch.« Lateinisch für Anfänger.

7 »Gewiß!«

8 »Was?«

9 »Latein ist die Sprache Gottes.«

$ MMMMMMMMMMMMMMMMMMMMMMMMMMMM

Er murmelte etwas vor sich hin. Ich beugte mich näher zu ihm. Er zählte auf Latein. Er schaute mich an. »Siebenundzwanzigtausend... *Dollar?*«

Ich nickte. »Sie liegen auf einem Firmenkonto auf unseren Namen, bei meinem Freund an der Wall Street.«

Der Abt riß die Augen auf. »*Das* also hat er gemeint!«

»Wer gemeint?«

»Deepak Chopra. *Da* war also unser Geld in dem Augenblick! An der Wall Street!« Er lächelte. Dieses Lächeln wird mir unvergeßlich bleiben.

»Wovon redest du?« fragte ich nervös. »Gott hat mir den Weg gewiesen, nicht Dr. med. Deepak Chopra. Der Tip war in dem Lesungstext von gestern mittag. Die Geschichte von den Gadarener Schweinen. In unserem Brevier. Nicht in dem dämlichen Buch, das du ins Feuer geworfen hast.«

»Das Feuer!« kreischte der Abt. Ehe ich ihn zurückhalten konnte, war er aus dem Bett gesprungen und aus seiner Zelle gerannt.

»Das Buch!« rief er. »Das Buch!«

Er rannte in das Calefactorium, wobei er unterwegs Bruder Felix und Bruder Bob umstieß, und begann wie wild in der Asche im Kamin zu scharren. »Das Buch! Wo ist das Buch?«

Bruder Felix fragte: »Wozu brauchst du das Buch, Vater Abt?«

»*Das Buch hat unser Kloster gerettet!*«

Bruder Felix flüsterte mir zu: »Wir haben das Buch da herausgefischt. Wir dachten, vielleicht hilft es dem Doktor bei seiner Diagnose.«

Der Abt schaufelte noch immer Asche auf das Linoleum.

»Gib es ihm lieber zurück«, sagte ich. Bruder Felix holte es. Die Fibel war angekohlt und an den Rändern versengt. Der Umschlag sah jetzt etwas anders aus:

ZUM WOHL

»Da, Vater Abt«, sagte Bruder Felix und hielt es ihm hin.

Der Abt nahm es ganz sacht in die Hand, als sei es eine der Schriftrollen von Qumran. Er setzte sich und blätterte vorsichtig zu einer Seite, die er offenbar wiedererkannte. Dann las er vor: »Um zu Wohlstand zu gelangen, muß man es wollen. Die Einzelheiten regelt das Universum, es organisiert und inszeniert die Gelegenheiten.«

Ich hob mein Brevier hoch. »Aber meine Eingebung stammt aus diesem Buch.«

»Und wer hat dich zu deiner Mission ausgesandt?« entgegnete der Abt. »Ich wollte, daß du Geld heimbringst. *Und das Universum hat die Einzelheiten geregelt.*«

Ich widersprach, doch vergebens. Er nahm das Buch mit in seine Zelle zurück. Eine große Veränderung war über ihn gekommen – auch wenn wir damals nicht ahnen konnten, wie groß diese Veränderung tatsächlich sein sollte. Ich aber wußte bereits, daß unser Leben nie mehr so sein würde wie bisher, denn an jenem Tag hatte Gott sich als unser Broker offenbart. In Clarks Autowerkstatt hatte ich das Erste Gesetz des geistigen und finanziellen Wachstums erfahren:

I.

Wenn Gott anruft, nimm den Hörer ab.

Marktmeditation Nummer Eins

Wie oft habe ich Gott in die Warteschleife gehängt?
Hat Gott mich je in die Warteschleife gehängt?
Ist Gott nicht rund um die Uhr per Handy zu erreichen?
Was tun, um Anrufe des Satans auszuschließen?
Ist Rufnummeridentifizierung des Anrufers ausreichend?
Kann Gott mich nur per Telefon erreichen?
Was tun, wenn Gott ein R-Gespräch anmeldet?

Du stellst sehr gute Fragen. Um das Gesetz zu beherrschen, lege eine Liste an, wie oft Gott dich schon angerufen hat. (Hinweis: Hat Er per Telefon angerufen?) Fülle für jeden Anruf einen Notizzettel aus und beschreibe den Zweck Seines Anrufs. Hast du zurückgerufen? Oder hast du gedacht, das hätte auch bis morgen Zeit? Rechne aus, um wieviel Geld du reicher wärst, wenn du sofort zurückgerufen hättest.

Jetzt frage dich, wieviel Geld du *verloren* hast, indem du die Anrufe des Satans entgegengenommen hast. Überlege, um wieviel du nun reicher wärst, wenn du seine Anrufe ausgeschlossen oder einfach gesagt hättest: »Ich ruf' dich wieder an. Wir müssen mal zusammen essen gehen.«

So, und was hat deine Rechnung ergeben? Du hast einen ganz schönen Batzen verloren, stimmt's? Wenn Zeit hier auf Erden Geld ist – dann überleg' mal, was sie erst im Himmel wert sein mag! Hinweis: Wer das genau wissen will, der braucht einen ziemlich großen Taschenrechner!

Nicht verzagen. Schließlich hast du ja dieses Buch gekauft, nicht wahr? Lernst du nicht gerade, Ihn auf der Stelle zurückzurufen?

Gebet des reuigen Anrufers

O Herr, der Du den Himmel erschaffen hast wie auch die Kabel, welche die Erde umschließen, und der Du alle Anrufe vermittelst, laß mich stets daheim sein, um Deinen Anruf entgegenzunehmen, und sollte ich nicht daheim sein, dann gib mir die Klugheit, Dich auf der Stelle zurückzurufen. Mach auch, daß ich nie das Spielchen »Ich-ruf-Dich-gleich-zurück« mit Dir spiele. Lehre mich, Prioritäten zu setzen im Verkehr mit anderen, sei dieser geschäftlicher oder privater Natur, auf daß kein dringender Anruf unerledigt sei, wenn der Tag sich neigt. Und laß Deine Privatnummer stets in meinem Kurzwahlspeicher einprogrammiert sein!

Das zweite Kapitel

Wer erster Klasse reist, kommt stets ans Ziel
Eine ungewöhnliche Abfuhr
Unser Broker ruft wieder an

Eine ganze Woche lang zog sich der Abt zurück und studierte die gesammelten Werke von Deepak Chopra.

Dieser seltsamen Entwicklung zum Trotz hatte sich die allgemeine Stimmung im Kloster gebessert. Zum ersten Mal seit Ewigkeiten hatte Kana Geld auf der Bank. Zwischen den Gregorianischen Gesängen flüsterte Bruder Bob mir zu: »Was der Abt wohl mit dem ganzen Geld anstellen will?« Das hätte ich auch gern gewußt. 27 000 Dollar waren eine Menge Geld für ein paar Mönche, die sich mit Lebensmittelmarken ernährten, doch für eine Weinkellerei, deren Anlagen dringend einer Generalüberholung bedurften, war es erbärmlich wenig.

Endlich kam der Abt wieder heraus. Er wirkte ausgeruht und schien bei klarem Verstand zu sein, und doch war etwas anders an ihm: Er strahlte eine ungewohnte Zuversichtlichkeit aus.

War er zuvor ein gleichmütiger Stoiker gewesen und hatte die Dinge genommen, wie sie kamen – bis sie ihm schließlich über den Kopf gewachsen waren –, so schien er nun entschlossen, alle Probleme direkt anzupacken. Außerdem fing er an, uns zu umarmen, was Bruder Bob nicht wenig verstörte.

Beim ersten Abendmahl mit uns aß er rasch auf und begab sich dann an das Pult, um uns nach alter Sitte vorzulesen. Ich brannte darauf, mehr aus dem Buch zu erfahren, aus dem er uns vor seinem »Realitätsverlust« vorgetragen hatte, nämlich G. K. Chestertons wunderbarer Biographie des Thomas von Aquin, *Der dumme Ochse*.

»Der heilige Thomas von Aquin lehrte uns: ›Der Glaube gilt dem, was nicht zu sehen ist, und die Hoffnung dem, was nicht vorhanden ist.‹« Der Abt verstummte und verfiel in tiefes Nachdenken. »Hoffnung auf das, was nicht vorhanden ist. Wie wahr das ist, haben wir letzte Woche erfahren. Wir müssen hoffen, daß etwas zu uns kommt – von da, wo es gerade ist.«

Bei diesen Worten blieb mir der Bissen im Halse stecken.

Mit geheimnisvollem Lächeln griff der Abt in sein Habit und zog ein angekohltes Buch hervor. »Vergleichen wir einmal die Erkenntnisse des Thomas von Aquin über die Hoffnung mit denen von Dr. Chopra. Hört, was er über das zu sagen weiß, was zwar noch nicht vorhanden, aber in greifbarer Nähe ist.«

Bruder Bob warf mir einen Blick zu. Er hatte gleichfalls aufgehört zu kauen. Der Abt las:

»B steht für das Bessere und das Beste. Evolution heißt auch, daß mit der Zeit alles immer besser wird, bis wir am Ende nur noch das Beste bekommen. Wer Wohlstandsbewußtsein hat, für den ist das Beste gerade gut genug. Man nennt das auch das Prinzip des Ersten Besten: Wer immer erster Klasse reist, dem wird das Universum auch nur das Beste bieten.«

Der Abt blickte von seinem Text auf und schaute die Mönche an, die nun allesamt aufgehört hatten zu essen. »Bewegen wir diese Worte in unserem Herzen, wenn wir unserer Arbeit nachgehen.«

Beim Hinausgehen raunte Bruder Bob mir zu: »Tja, das ist sie wohl, die Evolution der Moralphilosophie von Thomas von Aquin bis Deepak Chopra.«

Am nächsten Morgen rief mich der Abt zu sich. Ich hatte gerade Dienst in der Küferei und versuchte, den Rost und was sich sonst an Verunreinigungen in den Fässern angesammelt hatte, abzukratzen.

Der Abt saß an seinem Schreibtisch, auf dem ein heilloses Durcheinander herrschte: Flaschen voll chilenischem Cabernet Sauvignon, verschiedene Ausgaben der Zeitschrift *Wine Spectator*, etliche Bücher von Deepak Chopra und anderen Lebenshilfegurus.

»Du wolltest mich sprechen, Vater?«

»Ah, Bruder Ty!« Er lief um den Schreibtisch herum und umarmte mich. »Wie geht's denn so?«

»Wir setzen alles daran, die jetzige Partie für die Weinprobe mit Onkel Leo nächste Woche zumindest trinkbar zu machen. Aber durch diese Fässer wird der Wein orangefarben, so daß er ein bißchen aussieht wie Tang[10]. Vielleicht könnten wir einen Teil der 27 000 Dollar dafür ausgeben, daß wir ...«

»Ach, laß nur die Fässer«, meinte der Abt fröhlich. »Kana genießbar zu machen, das würde inzwischen auch die Fähigkeiten Unseres Herrn übersteigen. Wir haben die Sache ganz falsch angepackt, Bruder. Wozu versuchen, mi-

[10] Markenname eines Instantgetränks mit Orangengeschmack, das für die Mercury-Astronauten entwickelt wurde.

serablen Wein etwas weniger miserabel zu machen? Die wahre Evolution besteht darin, stets nach dem Besten zu streben.« Er klopfte auf Chopra. »Erste Klasse! Das erste Beste!«

»Tja«, erwiderte ich, »an was für eine Evolution denkst du denn da? Der Allmächtige hat Himmel und Erde in sieben Tagen erschaffen, aber«, ich wischte mir etwas Dreck von der Schürze, »Er mußte ja auch nicht mit solchen Fässern arbeiten.«

Der Abt reichte mir ein kleines Glas Rotwein. »Sag mir in aller Frömmigkeit deine Meinung darüber, Bruder.«

Ich schnupperte. Der Wein duftete beängstigend gut. »Köstlich«, sagte ich. »Ich probier' lieber nicht davon. Womöglich schmeckt er mir zu gut. Er stammt offenbar nicht aus unserem eigenen Weingarten.«

»Maipo Valley«, sagte der Abt. »Eine herrliche Gegend von Chile. Sonne, guter Boden, *exzellente* Entwässerung. Eignet sich viel besser zum Weinanbau als die ländlichen Regionen des Staates New York. Ein Feld der unbegrenzten Möglichkeiten, Bruder.«

»Ich verstehe nicht recht. Hast du vor, Kana nach Maipo Valley umzusiedeln? Mit 27 000 Dollar?«

»Nein«, sagte der Abt mit verschlagenem Blick. »Wir wollen Maipo Valley nach Kana holen.« Er reichte mir ein Blatt Papier.

Auf den ersten Blick hielt ich es für die Abschrift einer Seite aus einer alten illuminierten Handschrift. Es war ein gelungenes Kunstwerk – von der Hand unseres einschlägig begabten Bruders Algernon – in satten Gold- und Burgundertönen. Es zeigte ein altes Gemäuer, das über einem Weingarten aufragte, und gedrungene, kuttentragende Gestalten hegten die Weinstöcke. In der oberen Ecke grinste ein fröhliches Gesicht, das mir vage bekannt vorkam.

»Bacchus?« fragte ich.

»Lies mal das Etikett, Bruder.«

Ich entzifferte die mittelalterlichen Schriftzeichen neben dem Gesicht:

Himmlisches Abtströpfchen
Réserve spéciale Cabernet Sauvignon
Aus dem Kloster zu Kana

»Ah ja – das bist du, Vater Abt. Recht gut getroffen.« Ich starrte das zinnenbewehrte Mauerwerk auf dem Etikett an. »Aber das Kloster erkenne ich gar nicht wieder. Soweit ich weiß, wurde Kana nicht im 14. Jahrhundert erbaut. Auch ein Wallgraben ist mir in den Jahren meines Hierseins noch nicht aufgefallen.«

»Einzelheiten«, meinte er wegwerfend.

»›Der liebe Gott steckt im Detail‹, sagt Mies van der Rohe«, wandte ich ein.

»›Das *Universum* regelt die Einzelheiten‹, sagt Deepak Chopra. Die ganze letzte Woche habe ich mich eingehend mit seinem Werk beschäftigt, und jetzt sehe ich, wie alles zusammenhängt. Wie töricht von mir, dich in die Stadt zu schicken, um ein paar Kisten chilenischen Wein zu besorgen. Was für eine Verschwendung deiner Wall-Street-Kenntnisse. Was wir hier brauchen ist – Masse.«

Er überreichte mir ein Flugticket. »Diesmal fährst du dahin, wo der Wein wirklich ist.«

Die Frau hinter dem Lan-Chile-Schalter sah mich mit einem Blick an, der Erstaunen und vielleicht noch etwas anderes verriet – einen Hauch von Verachtung womöglich? Erst als sie mir meine Bordkarte gab, merkte ich, daß der Abt mich erster Klasse nach Santiago gebucht hatte.

»Das muß ein Irrtum sein«, sagte ich. »Der Orden hat nie und nimmer ein Erster-Klasse-Ticket gekauft.«

»Doch«, entgegnete sie und klickerte auf ihrem Computer herum. »Der Flugpreis ist voll bezahlt – 5580 Dollar.«

»Wieso das denn«, stammelte ich entgeistert. Dann dämmerte es mir – der Spruch von Deepak Chopra: Wer immer erster Klasse reist, dem wird das Universum auch nur das Beste bieten.

Na bravo, dachte ich. Jetzt sitze ich die nächsten acht Stunden in der ersten Klasse und erkläre aller Welt, daß mein Folgsamkeitsgelübde Vorrang hat vor meinem Armutsgelübde. *Ich kann nichts dafür – der Abt ist schuld.*

Ich schlich mich davon in den Warteraum erster Klasse. Seltsamerweise war ich da der einzige Mönch. Ich vertiefte mich in mein Brevier, um mein Offizium zu lesen. Der Lesungstext stammte aus dem Hohelied Salomos, Kapitel zwei:

Wie ein Apfelbaum unter den wilden Bäumen, so ist mein Freund unter den Söhnen. Ich sitze unter dem Schatten, des ich begehre, und seine Frucht ist meiner Kehle süß. Er führt mich in den Weinkeller, und die Liebe ist sein Panier über mir. Er erquickt mich mit Blumen, und labt mich mit Äpfeln.

Als ich eben diese Worte las, hörte ich einen Geschäftsmann hinter mir zu seinem Begleiter sagen: »Ich hab heute alle Apples abgestoßen.«

»Ich dachte, Computeraktien stehen gut«, meinte der andere.

»Apple nicht. Morgen kommt ihr Quartalsbericht raus. Ich hab mir sagen lassen, das gibt ein zweites Hiroshima. Der große Marktanteil macht sie kaputt.«

Ich las noch einmal meinen Text: *Und labt mich mit Äpfeln.* Für mich klang das nach einer Kaufempfehlung. Der Herr im Himmel hatte wohl mehr Vertrauen auf den Quartalsbericht der Firma Apple Computer als dieser Bursche da.

Ich lief zum nächsten Telefon und rief in Kana an. Ich berichtete dem Abt, daß Unser Broker in puncto Apple-Werte meiner Meinung nach zu den Bullen gehörte. »Vielleicht will Er, daß wir unsere 27 000 Dollar in Verkaufsoptionen auf Apple investieren.«

»Hol mal dein Buch raus«, sagte der Abt in aller Gemütsruhe, »und guck auf Seite 37 nach.«

Folgsam schlug ich mein Brevier auf. Seite 37 war voll und ganz den detaillierten Anweisungen des heiligen Thaddäus für die rechte Kasteiung des Fleisches gewidmet.

»Okay, ich bin auf Seite 37. Der heilige Thad über kalte Waschungen? Mit bloßen Füßen über glühende Kohlen laufen?«

»*Dieses* Buch doch nicht. Das andere, das ich dir mit dem Ticket gegeben habe.«

Folgsam zog ich den *Weg zum Wohlstand* hervor und schlug Seite 37 auf. Ich flüsterte in den Hörer, damit es niemand hören konnte: »E steht für die Macht der Entscheidung oder eiserne Entschlossenheit. Sie besteht darin, einen ehernen Entschluß zu fassen, der unwiderruflich feststeht.«

»Steig in dein Flugzeug«, sagte der Abt. »Und schlag dir Apples aus dem Sinn. Das bringt nur Ärger. ›Esset nicht davon, rühret's auch nicht an.‹ 1. Mose 3,3. Auf Wiederhören, Bruder Ty.«

Ich ging zu meinem Platz zurück. Ein paar Minuten später kam eine Durchsage. »Eine Durchsage für unsere auf Flug Nummer 40 gebuchten Passagiere der ersten Klasse: Leider verzögert sich der Abflug um vier Uhr dreißig aufgrund eines technischen Problems. Neue Abflugzeit ist voraussichtlich ... zwölf Uhr.«

Der Geschäftsmann hinter mir, der seine Apples abgestoßen hatte, sprang auf und verschwand. Kurz darauf hörte man, wie er den Hostessen des Warteraums erster Klasse Vorträge hielt über die technologischen Schwachpunkte und nationalen Charaktermängel Chiles, und das in ausgesprochen harschen Worten.

»Wenn ich mañana nicht Punkt zehn Uhr im Santiago Hilton bin, kostet mich das mehr Geld, als Sie je im Leben verdienen – dann verklage ich Lan Chile und Sie persönlich auch. *Comprende, Señorita?*« Auf dem Rückweg stieß er ein Tischchen um.

Um ihn zu beschwichtigen, sagte ich: »Vielleicht will Gott Ihnen auf diesem Wege mitteilen, daß Ihr Termin im Hilton eigentlich gar nicht so wichtig ist. Vielleicht hat er noch Größeres mit Ihnen vor.«

Der Mann sah mich ungläubig an. Er betrachtete mein Mönchshabit.

»Verpiß dich, Pater«, sagte er.

Während mir der ungewöhnliche Spruch »Verpiß dich, Pater« noch in den Ohren klang, befand ich, diese Lounge sei nicht der angenehmste Ort, um die nächsten acht Stunden zu verbringen; daher nahm ich ein Taxi in die Stadt und gedachte ein Weilchen mit Slattery zu plaudern.

Als ich vor meinem alten Stammlokal vorfuhr, mußte ich wieder daran denken, wie oft ich da in den frühen Morgenstunden hineingegangen war, um mit zitternden Händen das erste Glas des Tages zu kippen.

Slattery war da. Bill auch. Bei meinem Eintritt reckten sich alle Hälse. Slattery sagte: »Das nenn' ich die Heimkehr des verlorenen Sohnes.«

Ich setzte mich, bestellte ein Mineralwasser und fragte Bill, was es Neues gibt.

»Alle Welt stößt Apples ab«, sagte er.

»Hab ich auch gehört«, erwiderte ich. Wir plauderten ein Weilchen über dieses und jenes, ich bestellte mir ein Sandwich und fragte dann Slattery, ob ich mein Gepäck im Hinterzimmer abstellen könnte. Als ich in die Kammer ging, in der vor zwei Jahren meine neue Lebensreise begann, hatte ich so etwas wie ein Déjà-vu-Erlebnis. Immer noch standen dort ein paar Kisten mit Kana 20-20 aufgestapelt.

Dann kam mir die Erleuchtung: Seine Frucht ist meiner Kehle süß... Slattery's... Weinkeller... Ich zog mein Brevier hervor und las noch einmal: *Er führt mich in den Weinkeller... und labt mich mit Äpfeln.*

Eilends kehrte ich zurück und setzte mich neben Bill. Ich holte den für den Erwerb von chilenischem Wein bestimmten Scheck über 20 000 Dollar sowie mein Rückflugticket erster Klasse im Wert von 5580 Dollar heraus.

»Bill«, sagte ich, »ich will für fünfundzwanzigtausend Apple-Kaufoptionen.«

Bill sah mich entgeistert an. Warum wollte ich darauf setzen, daß Apple-Werte steigen, wo doch die ganze Wall Street befand, daß sie in den Keller gehen?

»Nein, das willst du nicht«, sagte er.

»Doch.«

»Schau mal, wir haben doch gehört, daß der Quartalsbericht morgen grauenhaft ausfällt. Kaufoptionen für Apple sind das letzte, was du jetzt willst.«

Und labt mich mit Äpfeln.

Ich wußte, daß der Herr mir befahl, Apples zu kaufen, doch die Liebe war wohl nicht sein Panier über mir.

Ich sah Bill gerade in die Augen und sagte: »Tu's einfach. Der Tip kommt von derselben Quelle wie damals der mit den Schweinebäuchen.«

Bill blickte skeptisch drein. »Der Knabe weiß mit Schweinebäuchen Bescheid und mit High-Tech auch?«

»Der Knabe weiß alles.«

Bill rückte näher und flüsterte: »Wo hast du den aufgetrieben? Wohnt der da auf dem Land?«

»Er hat ein Haus dort.«

Bill schüttelte den Kopf. »Der hat bestimmt eine Menge Häuser. Nimm's nicht persönlich, aber warum erzählt er dir das alles? Hat er's mit den Katholiken oder was?«

»Er hat's sehr mit den Katholiken. Sagen wir einfach, er sorgt für das Kloster.«

Ich gab ihm den Scheck über 20 000 Dollar.

»Willst du die ganzen zwanzigtausend in Apple-Kaufoptionen anlegen?«

»Und das noch dazu«, bestätigte ich und reichte ihm das Lan-Chile-Ticket.

Bill glotzte es an. »Du wolltest nach Chile? Erster Klasse?« Er schaute verdutzt drein. »Was, hat der da etwa auch ein Haus?«

Ich verbrachte die Nacht in meinem alten Zimmer bei Slattery zwischen den Kisten mit Kana – *er führt mich in den Weinkeller* – und den nächsten Tag in der Kirche. Ich las andächtig mein Offizium und hielt dabei ängstlich Ausschau nach beunruhigenden Hinweisen auf faule Früchte. Mittags fühlte ich mich stark versucht, rauszugehen und mich bei Bill nach dem Apple-Bericht zu erkundigen, doch ich beschloß, im Hause des Herrn zu bleiben und auf seinen Riecher für den Markt zu vertrauen. Und doch quälten mich Zweifel: Hatte ich Seine Meldung richtig verstanden?

Um vier Uhr erhob ich mich von den Knien und ging mit leicht schmerzenden Beinen nach draußen. Wie anders die Wall Street nach der Stille der Kirche auf mich wirkte! Ich ging zum nächsten Telefon und rief Bill an. Seine Sekretärin behauptete, er sei in einer Besprechung, doch als ich meinen Namen nannte, sagte sie: »Oh, Bruder Ty, bleiben Sie bitte am Apparat, ich hole ihn sofort.«

Mein Magen schlug Purzelbäume. Nach einer Ewigkeit war Bill am Apparat.

»Herr des Himmels«, sagte er, »was ist das bloß für ein Kerl? Der Quartalsbericht hat alle umgehauen. Sie sind aus der Verlustzone raus und schreiben konstant schwarze Zahlen. Die Aktien sind um fünf Punkte gestiegen. Deine Optionen sind zur Zeit ...«, ich hörte ihn etwas in seinen Computer tippen, »... 462 000 Dollar wert.«

Ich rief den Abt an.

»Bist du noch in New York?« fragte er.

»Ja«, sagte ich, »aber ich glaube, du wirst mir vergeben. Wir haben jetzt etwas mehr auf dem Konto. 462 römische Ziffern M, um genau zu sein.«

Freudig schrie er: »Wir haben erste Klasse gebucht, und das Universum hat uns das Beste geboten!«

Den wahren Quell meines Börsentips würde ich ihm später verraten. Es hatte jetzt keinen Sinn, mit ihm zu streiten. Er war viel zu aufgeregt, und überdies mußte selbst ich zugeben, daß mein Aufenthalt in dem Warteraum erster Klasse offenbar Gottes Wille gewesen war. So lernte ich das Zweite Gesetz des geistigen und finanziellen Wachstums:

II.

GOTT LIEBT DIE ARMEN,
ABER DARUM WILL ER NOCH LANGE NICHT,
DASS DU TOURISTENKLASSE FLIEGST.

Marktmeditation Nummer Zwei

Könnte ich etwas mehr »Beinfreiheit« in meinem Leben gebrauchen?
Habe ich versucht, Gott um eine Höherstufung in die erste Klasse zu bitten?
Die erste Klasse ist ausgebucht? Wie sieht's mit der Business Class aus?
Business Class ist auch ausgebucht? Will Gott wirklich, daß ich diesen Flug nehme?
Ist das Wort »Klasse« nicht mit »Kasse« verwandt?
Habe ich ein »technisches Problem«? Gehört Gott zu meiner »Wartungsmannschaft«?
Okay, erste Klasse, Business Class und Touristenklasse sind alle ausgebucht, und es gibt ein technisches Problem. Hallo! Will Gott mir damit etwas sagen? (Hinweis: Da war doch was im Ersten Gesetz, daß man immer an den Apparat gehen soll?)

Hervorragend – du stellst wirklich gute Fragen. Wie ein kluger Mann einst sagte: »Verzögerung im Flugverkehr bedeutet oftmals Geld und Ehr.« Nimm nur mal diesen Spinner da im Warteraum erster Klasse, der seine ganzen Apple-Titel abgestoßen hat und den wilden Mann markiert, weil er nicht morgens um zehn im Santiago Hilton sein kann – wozu das ganze Theater? Der dreht durch, Ty bleibt cool – und macht eine coole halbe Million. Wenn der Lebensweg steinig wird, will Gott dir vielleicht sagen, daß du erst mal verschnaufen sollst. Nimm Stift und Papier und schreib' dir den notwendigen Schluß™ aus dem Zweiten Gesetz auf und steck' ihn dir in die Brieftasche:

Wenn du auf dem falschen Weg bist – kehr um!

Gebet des Reisenden in mißlicher Lage

O Herr, Du Höchster Reiseleiter, der Du Moses auf die Umleitung durch das Rote Meer geschickt und Maria und Joseph am Heiligen Abend eine Unterkunft besorgt hast, obwohl sie gar keine Reservierung hatten, mach, daß ich in das Himmelreich der unbeschränkten Beinfreiheit befördert werde, wo alle Getränke gratis sind und die Stewardessen immer kommen, wenn man aufs Knöpfchen drückt. Mach auch, daß ich erfrischt mein Reiseziel erreiche und daß der Zoll die kubanischen Zigarren nicht entdeckt, die ich unter der Schmutzwäsche versteckt habe.

Das dritte Kapitel

Philomena erscheint
Der Abt verschönert seine Zelle
Der erste Werbespot zu Kana

»Wir haben von dem Apfel gegessen«, sagte Bruder Bob, »und jetzt erscheint Eva.«

Ein Monat war vergangen. Der Abt hatte sich weiter in Deepak vertieft und andere Mönche beauftragt, die übrigen Selbsthilfegurus zu studieren. Meine Entsendung nach Chile zwecks Einkaufs von Wein hatte er verschoben und konzentrierte sich statt dessen auf ein Unterfangen, das er die »Repositionierung« von Kana nannte. Mit dem »Denken in kleinen Kategorien« sei es vorbei, verkündete er und verschwand in einen feudalen kalifornischen Ferienort, um dort an einem Wochenendseminar mit Deepak Chopra höchstpersönlich teilzunehmen. In Anbetracht der Kosten für diese »Einkehr«, wie der Abt dazu sagte, staunte ich nicht wenig. Der offizielle Seminartitel in Chopras Prospekt lautete »Eine Reise ins Grenzenlose«, was ich erst verstand, als ich mir die Rechnung ansah: Flugticket (natürlich) erster Klasse, Seminarkosten und Gebühren für »Lehrmaterial«, vier Tage und Nächte im Kurhotel L'Extravaganza – summa summarum 8324,19 Dollar. Das war in etwa soviel, wie wir die letzten zwei Jahre für unsere Verpflegung ausgegeben hatten. Aber als der Abt in einer Luxuskarosse und in Begleitung einer höchst attraktiven weiblichen Person zurückkam, blieb mir endgültig die Spucke weg.

Sie hieß Philomena. Sie war Anfang Dreißig. Sie hatte große, schöne, haselnußbraune Augen, einen Bubikopf und eine Figur, bei der Leute meines Standes am besten weggucken. Sie stammte ursprünglich aus Richmond, Virginia, und brachte daher den Charme und Akzent einer Frau aus dem Süden mit; allerdings auch, wie sich bald herausstellte, etwas von der Hartnäckigkeit der Konföderierten.

Der Abt hatte sie auf dem Chopra-Seminar kennengelernt. Sie arbeitete als Managementberaterin bei Beals-Bubb, einer internationalen Firma mit Sitz in New York City. Sie hatte es toll gefunden, daß sie auf einem Chopra-Seminar einem Abt begegnete, und er hatte es toll gefunden, daß er einer Chopra-Anhängerin begegnete, die sich im Marketing auskannte. Er hatte sie – für ein Honorar, das ich selbst jetzt noch schamhaft verschweigen möchte – vom Fleck weg engagiert, damit sie sich mit der »optimalen Plazierung der Marken Kana und Himmlisches Abtströpfchen auf dem Markt, Schwerpunkt: Evaluierung von Wachstumspotentialen« befasse. Wie mir auffiel, war von einer tatsächlichen Qualitätsverbesserung unseres Weins in dem Vertrag nicht die Rede.

Beim Mittagsmahl stellte der Abt sie offiziell der klösterlichen Gemeinschaft vor. Bei den älteren Mönchen erhob sich leichtes Gegrummel über die Anwesenheit einer Frau. Dann gab sie uns einen kurzen und, wie ich zugeben muß, durchaus sympathischen Überblick über ihre bisherigen Tätigkeiten. Sie hatte zu dem Team gehört, daß den Absatz von Chrysler-Wagen in Japan verdreifachen konnte.

»Die japanischen Chrysler-Händler hatten anfangs Vorbehalte gegen eine Frau in dem Team«, bemerkte sie. »Sie haben sich aber rasch daran gewöhnt, besonders als sie sahen, wie sich unsere Marketingstrategie auf ihre Verkaufszahlen auswirkte.« Ich fand es bewundernswert, wie geschickt sie das eingefädelt hatte. Sie hatte uns auf subtile Art zu verstehen gegeben: *Ich weiß, daß ihr nicht an Weiberröcke im Kloster gewöhnt seid, aber gebt mir eine Chance.* Während sie sprach, nickte der Abt beifällig.

»Wenn sie die Japaner dazu bringen kann, amerikanische Autos zu fahren«, sagte er, »dann kann sie ganz bestimmt auch die Amerikaner dazu bringen, Kana genießbar zu finden.«

Bruder Bob hob die Hand. »Besteht der Sinn dieses Vorhabens darin, den Wein genießbar zu machen?«

»Damit befassen wir uns selbstverständlich auch«, sagte sie.

»Genau«, sagte der Abt. »Aber wir sollten uns nicht gleich in Einzelheiten verzetteln. Und nun, Philomena, es ist hier bei uns Brauch, daß während der Mahlzeiten vorgelesen wird. Würden Sie uns die Ehre erweisen? Vielleicht einen Text, den wir auf dem Seminar studiert haben? *Die sieben geistigen Gesetze des Erfolgs?*«

»Wenn Sie erlauben«, sagte sie sittsam, »würde ich gern etwas anderes vorlesen, aus einem Buch, das mir viel bedeutet.« Sie holte ein zerlesenes Taschenbuch aus ihrer Aktentasche. »Hier ist es: *Dornenvögel.*«

Der Abt guckte verblüfft drein. »Aha. Schön. Sie mögen das Buch?«

»Ich habe es achtmal gelesen«, sagte sie feierlich.

»Aha.«

Die Mönche wechselten vielsagende Blicke.

Philomena wählte eine Stelle, in der es um ein finanzielles Dilemma des gutaussehenden Priesters in dem Roman ging: Sollte er eine ausgesprochen hohe Summe Geldes annehmen, die eine ältere Frau ihm und der Kirche vermacht hatte, oder sollte er das Geld statt dessen den schwer arbeitenden Angehörigen der Frau zukommen lassen? Philomena trug uns den qualvollen Entscheidungsprozeß des Priesters vor, bis er das Geld schließlich annahm. Der Abt war von dieser moralischen Lektion derart gefesselt, daß er sie bat, auch noch den nächsten Abschnitt vorzulesen. Philomena zögerte, doch der Abt bestand darauf, und so erfuhren wir von dem Ausritt des gemarterten Gottesdieners mit einer entrechteten Anverwandten jener Frau, einer schönen Nichte im Teenageralter namens Meggie.

Voller Unbehagen mußten wir feststellen, daß die Heranwachsende das Keuschheitsgelübde des Priesters auf eine harte Probe stellte. Philomenas liebliche Stimme wurde ganz leise, als sie vorlas, wie der Priester das Mädchen ermahnte: »›Auf gar keinen Fall darfst du es bei dir zur Gewohnheit werden lassen, mich sozusagen in den Mittelpunkt gewisser romantischer Träume zu stellen. Ich kann in dir nie das sehen, was ein Ehemann in dir sehen würde. In dieser Weise denke ich nie an dich, Meggie, verstehst du? Wenn ich sage, daß ich dich liebe, so meine ich nicht, daß ich dich als Mann liebe. Ich bin ein Priester, nicht ein Mann.‹«

Dann las Philomena weiter, wie der Priester das Mädchen zu trösten versuchte, indem er es in die Arme nahm: »Wenn er sie auch in einer Art Umarmung hielt, die Absicht, sie zu küssen, hatte er keineswegs. Ihr Gesicht, zu ihm emporgehoben, lag jetzt im Dunkeln, fast völlig unkenntlich. Der Mond schien nicht mehr. Der Priester spürte an seinem Brustkorb einen eigentümlichen Druck, den Druck von

Meggies kleinen, spitzen Brüsten, ein fremdartiges, ein verstörendes Gefühl. Noch tiefer jedoch beunruhigte ihn etwas anderes. Meggie hatte ihre Arme um seinen Hals geschlungen, und diese Geste wirkte so selbstverständlich, fast schon, als wäre Meggie männliche Umarmungen gewohnt.«

Der Abt hüstelte sacht und erhob sich. »Sehr schön. Danke, Philomena. Und nun wartet wieder die Arbeit auf uns.«

Philomena quartierte sich in einem nahe gelegenen Motel ein und traf zur Erörterung ihrer Marketingstrategie täglich mit uns zusammen. Die Sitzungen fanden in dem engen, schäbigen Büro des Abts statt, das Philomena eines Tages scherzhaft als »Vorstandsetage« bezeichnete.

Mir schien das eine im Spaß hingeworfene Bemerkung zu sein, aber es brachte den Abt auf eine Idee.

»Weißt du«, bemerkte er später mir gegenüber, »Philomena hat recht.«

»Womit?«

»Wir sollten tatsächlich eine ›Vorstandsetage‹ haben. Schau dir das an«, sagte er und deutete auf den Schreibtisch, der aus einem alten Türblatt bestand, die altersschwachen Aktenschränke, die mechanische Schreibmaschine und den bröckelnden Putz. »Das ist nicht erste Klasse, Bruder Ty.«

»Ich finde es ganz in Ordnung«, antwortete ich. »Meiner Meinung nach hat Philomena sich gar nichts dabei gedacht.«

»Ich glaube, sie hätte gern einen würdigeren Arbeitsplatz.«

»Ich bin nicht sicher, ob ich dich recht verstehe«, sagte ich vorsichtig. »Geht es darum, daß Philomena sich ein größeres Büro wünscht oder daß du dir ein größeres Büro wünschst? Oder wünschst du dir ein größeres Büro für Philomena?«

»Du verzettelst dich in Einzelheiten.« Er drohte mir mit dem Finger. »Wie sollen wir uns denn für das Feld der unbegrenzten Möglichkeiten rüsten, in so einer ... Besenkammer?«

Ich fürchtete, der Abt könne da womöglich etwas übertreiben in seinem Bestreben, Philomena zu imponieren, ein Zeitvertreib, der in Kana mittlerweile immer mehr Anhänger fand. Seit neuestem achteten die Mönche verstärkt auf ihre äußere Erscheinung: Sie bügelten ihre Habite und schnürten das Cinctorium mit eleganten Knoten. Selbst Bruder Jerome trug zueinander passende Socken. Als wir einmal in der Kapelle den Lobgesang des heiligen Thad auf den Schmerz intonierten, *Dolores Extremis*[11], stieß Bruder Bob mich in die Seite und deutete auf die Reihe von Mönchen vor uns. »Fällt dir etwas auf?«

Während ich die Verse des heiligen Thaddäus über das Wälzen im Dorngebüsch sang, guckte ich mir die Mönche genauer an. Irgend etwas stimmte da nicht – aber was? Dann dämmerte es mir: Die charakteristischen kahlen Stellen am Hinterkopf – die Tonsuren – waren praktisch verschwunden.

»Siehe, das Wunder der Kämme zu Kana«, flüsterte Bruder Bob.

Philomena schien verwirrt, als der Abt ihr erklärte, er wolle sein Büro erweitern, und sie um Hilfe bat, wie er die Sache angehen solle.

---

[11] Lat.: »Äußerster Schmerz«

Sie äußerte Bedenken. »Innenarchitektur ist eigentlich nicht mein Fach. Wenn Sie meine Wohnung sähen«, lachte sie, »würden Sie mich in Ausstattungsfragen nicht um Rat fragen.«

Der Abt berührte zärtlich ihren Arm. »Mir ist jeder Rat von Ihnen willkommen«, sagte er. »Aufgrund Ihrer Bemühungen wird Kana expandieren. Wir werden hier bei der Arbeit sehr viel Zeit miteinander verbringen. Und ich möchte, daß Sie glücklich sind.«

Philomena errötete. Ich durchbrach das Schweigen, indem ich ein Stückchen aus *Dolores Extremis* summte. Mir kam der Gedanke, daß der Abt sich vielleicht mal ordentlich im Dorngebüsch austoben sollte.

»Ich werd' schauen, ob ich Ihnen jemanden vermitteln kann«, sagte sie. Und so geschah es, daß eine Woche darauf Elliott in unser Leben trat.

Elliott kam in einem schwarzen Kombi angefahren, von Kopf bis Fuß schwarz gekleidet, bis hin zu einer schweren schwarzgeränderten Brille, die, wie mir auffiel, keine Gläser hatte. »Wenn du so ein Gesicht hast wie ich«, erläuterte er, »mußt du einfach einen auf Accessoires machen.« Mir kam sein Gesicht vollkommen normal vor, aber vielleicht waren meine ästhetischen Maßstäbe nicht so ausgefeilt wie die seinen. Er war vor kurzem mit seinem Atelier aus Soho fortgezogen, dem Teil von Manhattan, wo all die Kunstgalerien und Lofts sind. Die Gegend war ihm offenbar nicht mehr »in« genug. »In Soho«, erklärte er, »ist tote Hoso.« Seine neuen Geschäftsräume lagen in einem ehemaligen Schlachthaus im Fleischbezirk. »Ich *liebe* ausgefallene Räumlichkeiten«, verkündete er. »Als Philomena was von einem Kloster erzählte, hab ich ganz spontan gesagt ›Ich bin dabei.‹«

Jetzt, wo er tatsächlich »dabei« war, schien seine Begeisterung etwas abgekühlt. Schweigend machte er seine Runde durch das Kloster des Heiligen Thad. Hinterher setzten wir uns im Büro des Abts zum Tee zusammen.

»Also«, meinte er und holte tief Luft, »es sind durchaus interessante Elemente vorhanden.«

»Wie man sieht«, sagte der Abt, »stand die Gebäudepflege bei uns nicht an erster Stelle.«

»Sie hatten anderes zu tun«, sagte Elliott. Er betrachtete eingehend den rissigen Linoleumboden.

»Da lag früher mal Marmor«, sagte der Abt.

»Ich *liebe* altes Linoleum«, verkündete Elliott. »Aber ich arbeite nicht damit.«

Die Bemerkung blieb einen Moment im Raum stehen. Der Abt sagte: »Ich verstehe.«

»Okay.« Elliott stellte seine Teetasse auf dem Pappkarton ab, der als Tisch diente. »Fangen wir mit den positiven Aspekten an.« Er sah aus dem Fenster. »Da ist massenhaft Platz für Erweiterungen. Ich habe Kunden, die würden für so was einen Mord begehen. Die Wände kann man einreißen – mit einem Hammer wahrscheinlich. Massenhaft Platz für – was schwebt uns denn so vor? Fangen wir mit den elementaren Dingen an – Vorzimmer und Büro. Konferenzbereich. Vorführräume – für die Konferenzen. Atrium? Wir könnten ein Atrium machen. Bei diesen Lichtverhältnissen wäre es eine Todsünde, kein Atrium zu machen. Es gibt nichts Beruhigenderes als einen Springbrunnen. Wäre ein Gebetstrakt attraktiv, oder findet das anderswo statt? Im Grunde genommen«, sagte er, ohne eine Antwort abzuwarten, »wäre ein Gebetstrakt durchaus interessant.«

»Ich glaube, der Abt hatte nicht ganz so weitreichende Pläne«, wagte ich einzuwenden.

»Moment mal«, meinte Elliott, »mir scheint, wir haben da etwas vergessen.«

»Ja«, sagte ich, »was das alles kostet.«

»Den Weinkeller! Ihr macht doch Wein hier, stimmt's? Das ist doch der Sinn der Sache – ich meine, natürlich nicht der ganze Sinn der Sache. Aber es ist euer – es ist das, was ihr tut. Was wollte ich eben sagen? Da stell' ich ja glatt – wie heißt dieser Spruch da in der Bibel? – euer Licht unter den Chefsessel.«

»Den Scheffel«, sagte ich. »Sein Licht unter den Scheffel stellen.«

»Bruder, bitte«, sagte der Abt. Er wandte sich an Elliott. »Was für ein allgemeines ... Ambiente schwebt Ihnen denn vor?«

»Kargheit mit Komfort«, sagte Elliott. »Es soll ›Armut‹ signalisieren, ohne ›billig‹ zu wirken.«

»Billig« war es ganz gewiß nicht. Der Kostenvoranschlag für die Vorstandsetage des Abts, die eher ein ganzer Vorstandskomplex zu werden schien, belief sich auf 1,3 Millionen Dollar. Ich wies darauf hin, daß wir keine 1,3 Millionen Dollar hatten. Ich wurde wegen Denkens in kleinen Kategorien abgekanzelt und angewiesen, das Geld da aufzutreiben, wo es im Augenblick war.

Der Abt zeigte mir ein Buch von Deepak Chopra mit dem Titel *Die sieben geistigen Gesetze des Erfolgs* und deutete auf Nummer vier, »Das Gesetz der geringsten Anstrengung«: »Letztendlich erlangst du einen Zustand, in dem du nichts tust und alles erreichst.«

Als diese weltbewegende Erkenntnis mich nicht zu beeindrucken vermochte, holte der Abt weitere Bücher hervor, *Die sieben Wege zur Effektivität* von Stephen Covey und *Das Robbins Power Prinzip – Wie Sie Ihre wahren inneren Kräfte sofort einsetzen* von Anthony Robbins. »Vielleicht interessiert es dich, Bruder, daß der Präsident der Vereinigten Staaten diese beiden Herren kürzlich nach Camp David eingeladen hat, damit sie vor hochrangigen Mitarbeitern des Weißen Hauses einen Vortrag halten, wie dieses Land zu regieren ist«, sagte der Abt.[12]

Als ich weiterhin skeptisch blieb, überreichte er mir *Die Kraft des positiven Denkens* von Norman Vincent Peale. »Da wird dir deine Arroganz vielleicht vergehen«, sagte er. »Das ist ein Klassiker. Es wurde über fünfmillionenmal verkauft.«

Ich nahm es mit in meine Zelle und versuchte, mich darin zu vertiefen. Da stand eine erbauliche Geschichte zu lesen über eine von Tür zu Tür ziehende Vertreterin, die sich einredete: »Wenn Gott mit mir ist, dann kann ich mit Gottes Hilfe gewiß auch Staubsauger verkaufen.« An der Stelle legte ich das Buch weg und beschloß, mich lieber an mein Brevier zu halten.

Mit Hilfe weiterer Tips Unseres Brokers zur rechten Zeit gelang es mir allmählich, unser Portfolio immer noch mehr zu vergrößern. Ich telefonierte stundenlang mit Bill an der Wall Street. Er nannte unser Konto mittlerweile den Kana Hedge Fund.

Philomena stellte ein ehrgeiziges Marketingkonzept auf. Der Kern dieses Konzepts bestand in der Schaffung eines

---

[12] Am 30. Dezember 1994

»Markenbewußtseins« für den Namen Kana. Sie wollte einen TV-Werbespot drehen, in dem die Mönche selbst auftraten.

»Authentisches kommt beim Zuschauer immer an«, erklärte sie inmitten des Lärms der Bulldozer, die die Baugrube für den Weinkeller des Abts aushoben. »Der Zuschauer liebt alles, was ›echt‹ ist, und was könnte echter sein als ein Mönch?«

Sie engagierte einen Regisseur namens Brent. Brent trug eine Jacke mit sehr vielen Reißverschlußtaschen und hatte eine junge Assistentin.

»Ich persönlich bin eigentlich nicht religiös«, sagte er zur Vorstellung. »Aber ich respektiere das, was ihr hier macht.« Um unsere Ängste vollends zu zerstreuen, erzählte er, *Der Name der Rose* habe ihn total beeindruckt.

Brent hatte mit einem erfolgreichen Werbespot über Rasenpflege, in dem ein Rhinozeros auftrat, einen Clio gewonnen – den Oscar der TV-Werbewirtschaft. Zuerst war er etwas verstimmt, daß uns das nicht viel sagte, doch dann wies Philomena ihn darauf hin, daß es in Kana kein Fernsehen gab.

»Kein Fernsehen?« sagte er. »Das ist herb.«

Dann kam ein Aufnahmeteam aus New York. Philomena und Brent begannen mit Probeaufnahmen von den Mönchen. Einige Mönche hatten Bedenken, eine tragende Rolle in einem Projekt zu übernehmen, das sie unter sich im Calefactorium nur *Der Name des Rosé* nannten. Die Fragen, die Brent ihnen stellte, wahrend sie ihm gegenüber im heißen Scheinwerferlicht schmachteten und blinzelten, machten die Sache nicht besser: »Nun erzählt mal ein bißchen was über euch. Warum seid ihr eigentlich Mönch geworden?« Es machte die Sache auch nicht besser, daß die junge, attraktive

Assistentin nach einigen Tagen dieser zermürbenden Prozedur aus New York zurückkam und Mönchskutten mitbrachte, die genau so aussahen wie die in *Der Name der Rose.*

»Was genau«, wollte ich in scharfem Ton von Brent wissen, »ist eigentlich an unserem Habit auszusetzen?«

»Das bringt's einfach nicht für mich«, sagte er.

»Tut mir leid, wenn es nicht Ihren Beifall findet«, sagte ich. »Aber für unseren Orden ›bringt‹ es dieses Habit seit dem Jahre 711.«

»Okay«, sagte Brent zu seiner Crew in dem erschöpften Ton eines langmütigen Regisseurs, der es mit einer Primadonna zu tun hat. »Machen wir eine Viertelstunde Pause.« Er stapfte auf beturnschuhten Füßen davon, um mit seiner Assistentin eine zu rauchen.

Philomena hielt mir eine Kutte an wie eine Verkäuferin in einem Bekleidungsgeschäft. »Wie für Sie geschaffen.«

»Sie haben doch selbst gesagt, beim Zuschauer kommt das Authentische an. Was soll denn an diesen Hollywoodkostümen ›authentisch‹ sein?«

»Beim Zuschauer kommt halt eine andere Realität an. Eine Realität wie im Kino.«

»Ich bitte Sie.«

»Denken Sie mal drüber nach. Wie viele Leute in Amerika haben schon mal einen Mönch gesehen? Es ist ja nicht so, daß die einem in jedem Einkaufszentrum über den Weg laufen.« Sie legte mir die Hand auf die Schulter. »Vielleicht hilft es Ihnen, wenn Sie sich vor Augen halten, daß Brent als der Sydney Pollack[13] des 30-Sekunden-Spots gilt?«

---

[13] Der Regisseur von *Jenseits von Afrika, Tootsie* und anderen Filmen.

Ich muß gestehen, daß ich in dem Moment nicht an Brent dachte. Es war Jahre her, seit mich eine Frau berührt hatte. Sie sah mich irgendwie kokett an. Ich meine nicht unzüchtig – so eine war Philomena nicht. Sie wollte mich nur bei Laune halten und ihre Arbeit tun, und doch kam es mir vor, als entdeckte ich noch etwas anderes in dem Blick, mit dem sie mich bedachte. Immerhin hatte sie achtmal die *Dornenvögel* gelesen.

»Na schön«, murmelte ich. Ich überließ sie und Brent den Probeaufnahmen und widmete mich den Betrachtungen des heiligen Thad über die Läuterung der Seele durch das Eintauchen in die eisigen Flüsse von Kappadokien.

Ein paar Tage später begannen die Dreharbeiten. Es überraschte mich nicht, daß der Abt sich die Hauptrolle an Land gezogen hatte. Brent verkündete, er »strahle Autorität aus« und wirke »trotzdem noch zugänglich« (was immer das heißen mochte). Die Rolle des getreuen Eckart war unserem Schweinehirten Bruder Jerome zugefallen, der über einen Wesenszug verfügte, den Brent »unkompliziert« nannte.

»Action!« rief Brent. Bruder Jerome stand bis zu den Knien in einem großen Bottich und stampfte Weintrauben, während der Abt daneben etwas mit einem Federkiel in ein Buch kritzelte. Aus einem Ghettoblaster neben dem Bottich ertönten Gregorianische Gesänge.

Der Abt verließ den Raum. Bruder Jerome drückte auf ein Knöpfchen an dem Ghettoblaster, der daraufhin mit »Staying Alive« von den Bee Gees losquäkte. Laut Plan sollte Bruder Jerome in dem Bottich herumtanzen, den Arm ausgestreckt à la John Travolta. Kurz bevor der Abt mit einem neuen Federkiel zurückkehrte, sollte er wieder aufs Knöpfchen drücken. *Salve Regina* würde erklingen, und er sollte wieder feierlich Trauben stampfen.

Eine Stimme auf dem Off würde sagen: »Kana, der Cabernet für jeden Geschmack.«

Dann sollte der Abt sagen: »Unser Wein muß himmlisch sein, sonst kommt er nicht ins Glas hinein.«

Meiner Meinung nach – um die ich nicht gefragt wurde – hätte der Spot ein Rhinozeros gut vertragen können.

Die Dreharbeiten liefen nicht gut. Bruder Jerome tanzte immer wieder zu Gregorianischen Gesängen und trampelte feierlich zu Discomusik. Dann fühlte er sich – trotz Brents Forderung, davon Abstand zu nehmen – berufen, mit den Bee Gees mitzusingen. Sein Bee-Gees-Falsett war schon bei »Staying Alive« schlimm genug, doch als er das *Salve Regina* aus dem 13. Jahrhundert mitfistelte, wurde es unerträglich.

»Cut!« rief Brent. Diese Worte sollten wir während der viertägigen Dreharbeiten noch oft zu hören bekommen. Einmal zählte ich 126 »Takes« an einem Tag.

Der Abt war so aufgeregt, daß er seinen Text vermasselte.

»Unser Wein muß glasig sein ...«

»Cut.«

»Unser Schwein muß himmlisch sein ...«

»Cut.«

Brent hockte mit Philomena und den Assistenten über seinem Videomonitor und runzelte die Stirn – ein kostspieliges Stirnrunzeln, wie ich in meiner Eigenschaft als klösterlicher Quästor wußte.

Die Stimmung wurde gereizt. Der Abt warf vor Entrüstung Federkiele auf den Boden, Philomena und Brent fingen lauthals an zu streiten. Nur Bruder Jerome, der zwölf

Stunden am Tag bis zu den Knien in Traubenmaische stand, blieb unverändert heiter.

Auch ich war langsam mit den Nerven am Ende. Ich war nach Kana gekommen, um der irdischen Welt zu entfliehen, und jetzt kam die irdische Welt nach Kana und schrie: »Verfluchte Scheiße, ihr Saftsäcke!« Bei Brents nächstem Fluch war das Maß voll, und mir platzte der Kragen.

»Cut!« brüllte ich.

Alle Augen richteten sich auf mich. Brent war offenbar entsetzt, daß ich mir seinen Text angeeignet hatte. Gemessenen Schritts ging ich mitten auf das Set. »Paßt mal auf«, sagte ich streng zu der aufgeschreckten Crew und Philomena. »Diese Ausdrucksweise gehört sich nicht. Wir sind hier nicht in Hollywood. Wir sind hier in einem Kloster, das dem ersten Wunder Unseres Heilands auf Erden geweiht ist.«

»Also, entschuldige mal«, sagte Brent. »Das konnte ich ja nicht ahnen. Das Wunder, wo er über das Wasser wandelt? Führ' uns das doch mal vor. Ihr habt ja einen See hier. Mach mal 'nen Spaziergang da drauf.«

»Von der Bibel hast du soviel Ahnung wie ein Rhinozeros«, gab ich zurück. »Nur zu deiner Information, bei dem Wunder zu Kana wird nicht über das Wasser gewandelt. Wenn du nichts dagegen hast, klär' ich dich mal auf.«

Ich schlug mein Brevier auf und las:

»Und am dritten Tag ward eine Hochzeit zu Kana in Galiläa; und die Mutter Jesu war da.

Jesus aber und seine Jünger wurden auch auf die Hochzeit geladen. Und da es an Wein gebrach, spricht die Mutter Jesu zu ihm: Sie haben nicht Wein.

Es waren aber allda sechs steinerne Wasserkrüge gesetzt, und ging in je einen zwei oder drei Maß.

Jesus spricht zu ihnen: Füllet die Wasserkrüge mit Wasser! Und sie füllten sie bis obenan.

Und er spricht zu ihnen: Schöpfet nun und bringet's dem Speisemeister! Und sie brachten's.

Als aber der Speisemeister kostete den Wein, und wußte nicht, von wannen er kam, ruft der Speisemeister den Bräutigam und spricht zu ihm: Jedermann gibt zum ersten guten Wein, und wenn sie trunken geworden sind, alsdann den geringeren; du hast den guten Wein bisher behalten.«[14]

Ich sah auf und blickte in ein halbes Dutzend verblüffter Gesichter.

Philomena fragte: »Demnach soll unser Slogan wohl heißen: ›Kana – der Wein für besondere Gelegenheiten, wenn die Gäste so besoffen sind, daß sie sowieso nichts mehr schnallen‹?«

»Den Kerl hätt' ich bei der Hochzeit meiner Tochter gut gebrauchen können«, meinte Brent. »Aber offen gestanden seh' ich nicht ganz, was uns das jetzt bringt. Wir haben hier einen Werbestreifen zu drehen.«

»Moment mal«, sagte Philomena. »Das Wunder zu Kana…«

Zwei Monate darauf versammelten wir uns im Calefactorium, um den fertigen Spot anzuschauen. Der Abt schaltete stolz den ersten Videorecorder des Klosters ein, der an einen nagelneuen Fernsehapparat mit Großbildprojektor ange-

---

[14] Johannes 2,1–10

schlossen war. »KANA WUND.1 – 30 SEKUNDEN« war auf der Leinwand zu lesen, dann kam der Countdown zu dem Werbespot.

Ort der Handlung war eine moderne Hochzeitsfeier. Eine Menge auffallend gutaussehender und gutgekleideter Menschen – für diesen Spot hatte Brent sich seine Schauspieler außerhalb des Klosters gesucht – lachten und tanzten im Ballsaal einer Villa.

Ein streng dreinblickender Butler trat auf den Gastgeber zu, der mit seiner Tochter, der Braut, plauderte. Der Butler flüsterte: »Der Wein ist ausgegangen.«

Die Braut guckte erschrocken. Der Hausherr holte ein Handy aus der Tasche. Er drückte auf ein paar Knöpfe.

Szenenwechsel zu der Außenansicht eines alten, festungsähnlichen Klosters hoch oben auf einer Felsspitze, dessen Türme sich vor einer Kette schneebedeckter Berggipfel abzeichneten. Von innen hörte man Mönchsgesang, der durch das Klingeln eines Telefons unterbrochen wurde. »Kloster zu Kana«, meldete sich eine vertraute Stimme.

Philomena, die unter den Zuschauern neben dem Abt saß, stieß ihn in die Seite.

Plötzlich sprang die eichene Klosterpforte auf, und ein Laster mit einem riesigen hölzernen Weinfaß, das die Aufschrift »Kana« trug, rumpelte über die Zugbrücke. An der Seite hingen Mönche, Feuerwehrmännern gleich. Der Lastwagen raste die gewundene Bergstraße hinab.

Mit kreischenden Bremsen kam er vor der Villa zum Stehen, wo ihn der besorgte Butler erwartete. Ein halbes Dutzend Mönche wuchteten das Faß von dem Laster und rannten ins Haus.

Der Abt stieß das Faß mit einem Holzhammer an, und

Wein strömte hervor. Kellner erschienen, die Tabletts mit gefüllten Weingläsern trugen.

Ein Gast hielt verzückt sein Glas hoch. Er klopfte dem Hausherrn auf die Schulter. »Du verschlagener Teufel! Das Beste hast du bis zum Schluß aufgehoben!«

Der Hausherr strahlte, guckte zur Seite und kniff verschwörerisch ein Auge zu.

Der Abt, der neben dem Weinfaß stand, zwinkerte zurück, dann drehte er sich um und blickte in die Kamera. Er prostete dem Zuschauer zu und sagte fröhlich: »Nein, das Beste haben wir für euch aufgehoben!«

Während die Kamera dicht auf das Glas zufuhr, wurde »1-800-TRY-KANA« eingeblendet. Die vertraute Stimme sprach: »Das neue Wunder zu Kana!«

Als die Leinwand dunkel war, saßen wir sekundenlang schweigend da. Dann erhob sich der Abt und klatschte Beifall. Etwa die Hälfte der Mönche applaudierte ebenfalls. Einige der älteren Brüder beugten das Haupt und bekreuzigten sich. Einen hörte ich hinter mir murmeln: »Vater, vergib ihnen, denn sie wissen nicht, was sie tun.«

Unwillkürlich hatte ich mit den anderen Beifall geklatscht. So viel verstand ich auch von Madison Avenue, daß ich gute Arbeit zu würdigen wußte. Wie sehr mich Philomenas Taktik auch abstieß, mußte ich doch ihr Talent bewundern – ihren wachen Verstand, ihren Esprit. Auf das hartnäckige Drängen des Abtes hin verbeugte sie sich und sah dabei ganz besonders reizvoll aus. Als er sie als »Ährenleserin erster Klasse auf dem Felde der unbegrenzten Möglichkeiten« zu rühmen begann, unterbrach sie ihn sacht.

»So viel Ehre habe ich nicht verdient. Die Idee stammt von Bruder Ty.«

Das schien den Abt nicht zu freuen. Ich hatte keine Ahnung, warum – er war doch sicher nicht eifersüchtig auf mich? Philomena bemerkte seine Verstimmung.

»Vor allem aber«, sagte sie, »stammt die Idee von *dir*, Vater Abt.« Die Miene des Abts hellte sich auf.

Zu meinem Erstaunen war ich jetzt selbst verstimmt. Ich wußte, es war eitel von mir, daß ich die Lorbeeren für die Idee ernten wollte, und ich wußte, es war albern von mir, dem Abt Philomenas Lob zu mißgönnen. Und doch ärgerte es mich, daß ich zusehen mußte, wie sie ihn umgurrte. Was lief da zwischen den beiden ab?

Nach der Vorführung, während die Mönche sich noch mit der Fernbedienung des Fernsehers herumschlugen, kam Brent zu mir und überraschte mich mit einer Umarmung.

»Du mit deinem komischen kleinen Buch – das war tatsächlich unsere Rettung. Du hast uns auf eine völlig neue Schiene gebracht, Mann – Bruder.«

»Danke, Brent«, sagte ich. Er meinte es gut. Ich versuchte, mir auch ein Kompliment einfallen zu lassen, um mich zu revanchieren. »Deine Kutten da – die sahen gut aus. Die haben es für mich gebracht.«

Dann ging Brent andere Leute umarmen. Ich erblickte Philomena und den Abt angeregt plaudernd in der Ecke. Er beugte sich nahe zu ihr, als vertraue er ihr ein Geheimnis an. Mir ging durch den Kopf, daß in den kanonischen Schriften des Chopra herzlich wenig über die Keuschheit stand. Bei dieser potentiellen Versuchung zur Sünde durfte ich den Abt keinesfalls im Stich lassen. Ich gesellte mich zu ihnen.

»Ich gratuliere euch beiden zu dem Spot«, sagte ich herzlich.

Philomena lächelte; der Abt schien nicht übermäßig erfreut über seine Rettung. Ich sprach weiter, so taktvoll ich konnte.

»Eine brillante Leistung. Die Türmchen und Berge sahen großartig aus.«

»Das hat Brent mit Trickaufnahmen und Computergraphiken prächtig hingekriegt«, antwortete Philomena.

»Die Leute denken jetzt, das ist Kana«, sagte ich. »Meinst du, sie sind enttäuscht, wenn sie rausfinden, daß unser Kloster – rein technisch gesehen – gar nicht in den Alpen liegt?«

»Tja, also...«

»Aber das ist eigentlich nebensächlich. Interessanter ist die Frage, wie sie wohl reagieren, wenn sie merken, daß wir – rein technisch gesehen – überhaupt keinen Wein haben. Trinkbaren Wein, meine ich. So einen, den man bei einer Hochzeitsfeier servieren würde.«

Der Abt seufzte. »Wo immer Kleingeister zusammenkommen, wird es für dich stets ein Plätzchen geben, Bruder Ty.«

Er wandte sich an Philomena. »Ich geh' jetzt in mein Büro und schau' mir das Medienplacement noch mal an. Kannst du in ein paar Minuten nachkommen?«

Als er weg war, fragte ich Philomena, wie lange der Abt schon den Ausdruck »Medienplacement« gebrauchte.

»Ach, er ist total auf diese Sachen abgefahren«, sagte sie. »Im Grunde wird das ein ziemlich kleines Placement – wir haben nur noch zweihunderttausend über. Es wird nicht leicht sein, damit den Markt zu penetrieren. Das gescheiteste wäre wohl, billige Sendezeit in kirchlichen Kabelprogrammen zu kaufen.«

»Du meinst, ihr wollt nicht bei *Meine Lieder – meine Träume* werben?« Das sollte sarkastisch sein.

»Warum bin ich nicht selbst darauf gekommen! Das ist die perfekte Plazierung«, sagte sie. Sie ergriff meine Hände und drückte sie.

»Philomena«, begann ich noch einmal. »Wie können wir etwas vermarkten, das wir gar nicht haben? Wir geben unser ganzes Geld für Werbung aus. Und der Wein? Wo soll der Wein herkommen?«

»Ty«, sagte sie. »Ganz ruhig bleiben. Den Wein kriegen wir schon. Wein ist kein Problem. Die Welt ertrinkt in Wein. Hab ein bißchen Vertrauen. Du hast uns schließlich die Geschichte von Kana vorgelesen. Denk doch mal an den Bräutigam! Hat der die Party abgesagt, bloß weil er keinen Wein hatte? Hat er zu den Gästen gesagt: ›Okay, kommt mal alle her und hört euch an, was ich für Versorgungsengpässe habe?‹ Nein, er hatte Vertrauen, daß schon alles gutgehen würde.«

»Nein«, sagte ich, »er hatte Jesus als Hochzeitsgast.«

»Genau, und Jesus wurde unauffällig von dem Problem informiert. Alles wurde ganz diskret geregelt, alle haben sich prächtig amüsiert, und es ging alles gut.«

»Jetzt versteh' ich gar nichts mehr«, seufzte ich. »Willst du mir vielleicht erzählen, daß wir diesen Werbespot ausstrahlen, und dann lehnen wir uns zurück und sagen Jesus – ganz unauffällig, natürlich –, jetzt soll Er mal die Lieferung ranschaffen?«

»Ich will lediglich sagen, daß wir uns erst um die Nachfrage kümmern sollen und dann um das Angebot. Vertrauen wir darauf, daß Gott für den Wein sorgt, wenn wir ihn brauchen.«

Philomena fixierte mich mit ihren haselnußbraunen Augen. Ich konnte nicht mit ihr streiten. In dem Augenblick erschien mir ihre Interpretation der Geschichte in meinem Brevier vollkommen schlüssig. Sie hatte mir das Dritte Gesetz des geistigen und finanziellen Wachstums offenbart:

III.

SOLANGE GOTT DIE WAHRHEIT KENNT,
KANNST DU DEINEN KUNDEN ERZÄHLEN,
WAS DU WILLST.

Marktmeditation Nummer Drei

Was ist eigentlich wichtiger – Gott oder deine Kundschaft?
Hast du je etwas davon gehabt, daß du einen Kunden angelogen hast? (Jetzt aber mal ehrlich!)
Wußte Gott, daß du lügst? (Darauf kannst du Gift nehmen!)
Hat Er das Geschäft verhindert?
Glaubst du, daß Gott vielleicht auch Handelsvertreter ist?
Gehörst du zu Gottes Verkaufstruppe?
Also gut, glaubst du, es ist Gottes Wille, daß du a) die Wahrheit sagst oder b) dazu beiträgst, daß das Team sein Umsatzziel erreicht?

Wie deine Fragen zeigen, begreifst du allmählich die wahre Bedeutung von Kana. Nimm jetzt zur Vertiefung deines Verständnisses einen Taschenrechner und ein Blatt Papier zur Hand. Überlegen wir mal: Was für ein Wein wurde zu Kana serviert? Weiß oder rot? Wenn ein Maß anständigen Weins, wie du ihn bei der Hochzeit deiner Tochter anbieten würdest, im Jahre 30 des Herrn 0,42 Schekel kostete, wieviel hat der Gastgeber – in heutige Dollarpreise umgerechnet – dann gespart, indem er Jesus zu dem Hochzeitsfest einlud? (Vergiß nicht, den Aufwand für die Verköstigung der Jünger mit einzurechnen!) Um Zusatzpunkte zu erringen: Wieviel ist ein Maß Wein? Meinst du, daß Jesus nach der Sache in Kana zu vielen Hochzeiten eingeladen wurde?

Gebet des verlogenen Handelsvertreters

Allmächtiger Gott, Spitzenverkäufer des Universums, Meister der Reklame und Präsentation, mach, daß ich mein Umsatzsoll übererfülle und die Wahrheit meine Zunge nicht hindert, zu tun, was ihr aufgetragen ward. Mach auch, daß der Kunde nichts von meinen Lieferschwierigkeiten erfährt, bis seine Kreditkarte durch die Maschine gezogen ist, auf daß wir den Handel begießen können und mein Glas wie das Deine überfließet von einem Wein so frisch, so körperreich, so preisgünstig und nie versiegend wie der, den Du in Deiner unendlichen Gastlichkeit einst zu Kana in Galiläa servieret hast.

Das vierte Kapitel

In vino veritas
Ein unverhoffter Gast
Eine Bergpredigt

Philomena konnte den Kana-Spot genau an der richtigen Stelle von *Meine Lieder – meine Träume* plazieren: unmittelbar nach der Hochzeitsszene. Zusammen mit 30 Millionen anderen Amerikanern sahen wir, wie Julie Andrews und Christopher Plummer sich ewige Treue schworen. Das Publikum im Hause des heiligen Thad brach mit unseren Religionsgenossen in Jubel aus, als die Kamera zeigte, wie die Nonnen vom Kloster aus heimlich die Zeremonie beobachteten. Dann brachen wir in Jubel über unseren Werbespot aus.

Nachdem die Nummer »1-800-Try-Kana« eingeblendet worden war, dauerte es nur Sekunden, bis unsere Telefone läuteten wie die Kirchenglocken beim Hochamt am Ostersonntag. Philomena hatte uns eine Telefonzentrale eingerichtet und den Brüdern beigebracht, wie man Bestellungen aufnimmt. Dutzende von Mönchen saßen mit aufgesetztem Kopfhörer in den Kabinen und begrüßten jeden Anrufer mit »Im Namen des Vaters, des Sohnes und des Heiligen Geistes – darf ich Ihre Bestellung aufnehmen?« Der Abt wollte sie im Geiste Chopras auch noch sagen lassen: »Danke, daß Sie erste Klasse gewählt haben«, doch mit der Begründung, das höre sich wenig klösterlich an, wußte Philomena es eben noch zu verhindern.

Mehr konnten wir nicht tun. In den darauffolgenden Wochen nahmen wir Bestellungen über eine Million Flaschen Kana-Wein auf, das Stück zu acht Dollar. Der Spot schlug nicht nur bei den Zuschauern, sondern auch bei der Presse ein. Immer mehr Reporter von überregionalen Medien standen bei uns vor der Tür. Wenn sie statt einer alpinen Klosterfestung eine unförmige Backsteinbude erblickten und vergeblich nach Zugbrücke und hochaufragenden schneebedeckten Gipfeln Ausschau hielten, waren sie ein wenig enttäuscht. Der Abt gewöhnte sich an, bei seinen Führungen durch die Klosteranlagen das nahe gelegene Hügelchen als »Mount Kana« zu bezeichnen. (Er unterließ den Hinweis, daß es sich in Wirklichkeit um einen Müllberg handelte: In unserer Zeit der Bedrängnis hatte das Kloster das Grundstück an eine Abfallbeseitigungsfirma verpachtet, die es als Müllhalde nutzte.) Doch wenn ein Produktionsleiter schon den weiten Weg hierher gemacht hatte, wollte er sich seine herzerwärmende Story von den tatsächlichen Gegebenheiten nicht vermasseln lassen. Die Kamerateams mühten sich im kreativen Blickwinkel, damit Kana möglichst imposant erschien; mit Aufnahmen aus der Froschperspektive schafften sie es sogar, den Hügel zwar nicht hochalpin, aber doch gewaltig aufragen zu lassen, und dann sah man auch noch den Abt, wie er à la Julie Andrews den Gipfel erklomm.

Eines Tages führte der Abt Diane Sawyer von ABC durch die Kellerei und ließ sich in seinem Überschwang dazu hinreißen, ihr eine Kostprobe der neuen Abfüllung anzubieten. Philomena packte mich zu Tode erschrocken am Arm und flüsterte: »Wenn Diane Sawyer im Fernsehen zur Hauptsendezeit unseren Wein ausspuckt, dann kriegen wir ein gewaltiges Imageproblem.« Noch ehe der Abt die Flasche mit der für Kana typischen Orangetönung entkorken konnte, trat Philomena dazwischen. »Aber Vater«, sagte sie sanft. »Du hältst uns doch immer vor Augen: ›Unser Wein muß himmlisch sein, sonst kommt er nicht ins Glas hinein!‹ Sollten wir Ms. Sawyer nicht ein Gläschen Abtströpfchen Réserve spéciale anbieten?«

»Ich mach' das schon«, beeilte ich mich zu sagen. Ich rannte in das Büro des Abts und stöberte in den Kisten mit französischem Wein, die er sich – »zu Forschungs- und Entwicklungszwecken«, wie er es nannte – hatte kommen lassen. Ich packte eine Flasche von einem französischen '82er namens Château Figeac und kippte ihn schnell in eine leere Flasche mit dem Etikett »Himmlisches Abtströpfchen«, wobei ziemlich viel danebenging. Dann drückte ich den Korken halb wieder hinein und lief eilends zurück.

Ms. Sawyer nippte photogen. »Mein Gott!« rief sie aus. »Ich wußte ja, daß unser hiesiger Wein sich qualitativ entwickelt, aber *so was* hab ich nicht erwartet. Wie machen Sie das nur?«

»Nun ja«, sagte der Abt. »Geben ist seliger denn nehmen, spricht der Herr, und doch müssen wir die Geheimnisse von Kana für uns behalten. Schließlich hat Jesus bei der Hochzeit zu Kana Sein Geheimnis auch nicht verraten, nicht wahr?«

Mein Blick wanderte zu dem Korken, den der Abt in der Hand hielt. Zu meinem Entsetzen sah ich, daß klar und deutlich die Worte *Château Figeac* darauf prangten. Doch Ms. Sawyer beendete ihr Interview, ohne etwas zu merken, wofür ich ein stummes Dankgebet gen Himmel sandte.

Hinterher beglückwünschte mich der Abt zu meinem Einschreiten. Auf dem Rückweg zu seinem Büro sagte er: »Das war ein Figeac, nicht wahr?«

Ich nickte.

»Weich wie Samt, mit einem Hauch von Brombeere und Pistazie. Herrlicher Abgang. Bestimmt ein '82er.«

»Wie ich sehe, zahlt sich Vater Abts Forschungs- und Entwicklungsprogramm allmählich aus«, sagte ich. »Was kostet denn so eine Flasche Château Figeac '82?«

»Mehr als eine Flasche Kana '82, das kann ich dir flüstern. Das heißt, falls man eine auftreiben kann. Aber ich kenne da jemanden in Chicago, der hat noch ein paar Flaschen zu unter hundert pro Stück. Er hat sogar noch ein paar '61er.«

In seinem Büro blickte der Abt stirnrunzelnd auf die Pfütze von verschüttetem Figeac auf dem Linoleumfußboden. »Eine Sünde, wie sie im Buche steht.« Er goß den Rest aus der Flasche in ein Glas und reichte es Philomena.

»Köstlich«, sagte sie. »Das war eine kellermeisterliche Glanzleistung, Bruder Ty.«

»Danke«, entgegnete ich. »Aber ich weiß nicht recht, ob diese Strategie auf Dauer durchzuhalten ist. Wir haben Bestellungen über eine Million Flaschen. Wenn wir weiterhin Hundert-Dollar-Wein in Flaschen füllen, die wir zu acht Dollar verkaufen« – ich griff mir den Taschenrechner des Abts –, »dann beträgt unser Nettogewinn am Ende ... minus 29 Millionen Dollar. Ich bin ja keine studierte Betriebswirtin wie du, aber mir scheint das kein so brillantes Geschäftskonzept zu sein.«

Der Abt machte entsetzte Augen. »Meinen Figeac an Leute verschwenden, die einen Acht-Dollar-Wein suchen? Numquam![15]«

»Natürlich nicht.« Philomena bedachte den Abt mit

[15] Lat.: »Niemals«

einem scheuen Lächeln. »Das Beste hebt Ihr doch stets für Euch auf.«

Die beiden kicherten auf eine Art, die mich irritierte.

»Und was wollen wir nun unseren Hochzeitsgästen vorsetzen?« fragte ich.

»Den chilenischen Wein«, antwortete der Abt. »Den Wein, den du besorgen wolltest, als Bruder Deepak deine Reisepläne über den Haufen geworfen hat.«

Nun fing der schon wieder damit an... »Du meinst, als Unser Broker im Himmel mir den Tip mit Apple gab?«

Da mischte sich Philomena ein, um eine heftige theologische Debatte abzuwenden. »Es darf nicht alles chilenischer Wein sein«, sagte sie. »Der Marktwert von Kana beruht darauf, daß der Wein hier von den Mönchen selbst angebaut, gestampft und abgefüllt wird. Wenn auf dem Etikett stehen soll ›Ein Erzeugnis des Klosters zu Kana‹, dann muß er laut Gesetz auch hier und von uns erzeugt werden.«

»Genau«, sagte ich. »Und das bedeutet, daß wir neue Anlagen brauchen, um Wein herzustellen. Unseren eigenen Wein. Rostfreien Wein. Wein, der nicht orangefarben ist.«

»Einzelheiten«, sagte der Abt verächtlich. »Wir füllen den chilenischen Wein hier ab und tun ein bißchen was von unserem eigenen dazu – aber nicht so viel, daß wir riskieren, den Geschmack zu verderben.«

»Na gut, aber neue Anlagen brauchen wir trotzdem. Wir haben Kreditkartenbestellungen über eine Million Flaschen Wein abgerechnet. Und jetzt müssen wir eine Million Flaschen produzieren. Egal, was drin ist.«

Widerstrebend willigte der Abt ein, Mittel für neue Kellereinrichtungen zur Verfügung zu stellen, obwohl er anscheinend jedes Interesse an hausgemachtem Wein verloren hatte. Zu der Zeit hatte er bereits andere Projekte im Kopf. Seine Vorstandsetage war im Bau, und zu allem Unglück hatte er jetzt einen noch ehrgeizigeren Plan ersonnen.

Infolge der Berichterstattung in den Medien kamen jede Woche Dutzende von Besuchern angereist und wollten die Weinkellerei sehen und natürlich auch den schneebedeckten »Mount Kana«. Bruder Jerome, der frischgebackene Direktor für Pilgerangelegenheiten, konnte sie erfolgreich an der Nase herumführen. Unterdessen hatte der Abt die Besucher als potentielle neue Einnahmequelle erkannt. Zusammen mit Elliott schmiedete er Pläne für einen lebensechten Mount Kana. »Wenn die Leute schon mal da sind«, bemerkte er, »können wir ihnen auch einen Berg hinstellen.«

Inzwischen trafen die ersten Beschwerdebriefe ein. Der Werbespot lag schon Monate zurück, und die Kunden wollten allmählich wissen, wo ihr Wein blieb. Der Abt, der vollauf beschäftigt war mit Bürorenovierung und Bergebauen, ernannte mich zum Direktor für Erfüllungswesen. So lag es an mir, den aufgebrachten Massen zu erklären, daß unser »bescheidener Betrieb von der massenhaften Nachfrage überwältigt« war, die Mönche jedoch rund um die Uhr schufteten, um die Bestellungen auszuführen. Ironischerweise hatten meine lahmen Ausflüchte eine belebende Wirkung. Als sich herumsprach, daß Kana nur unter größten Schwierigkeiten zu bekommen war, strömten noch mehr Bestellungen herein. Prompt erhöhte Philomena den Flaschenpreis von acht auf fünfzehn Dollar. Wenn sich nun jemand beschwerte, konnte ich den Kunden erklären, sie seien zumindest »auf dem untersten Preisniveau eingestiegen«. Der Abt sprach bereits davon, »Kana-Wein-Futures« auf den Markt zu werfen.

Eines Morgens brachte Bruder Jerome einen Besucher zu mir. »Die Führung hab ich schon mit ihm gemacht«, flüsterte er. »Ich hab ihm sogar meine Schweine gezeigt. Aber er hat so eine komische Dienstmarke. Er will den sprechen, der für die Weinkellerei zuständig ist.«

Er hatte in der Tat eine Dienstmarke, und darauf stand BATF – Bundesamt für Alkohol, Tabak und Schußwaffen.

»Ich vermute mal«, sagte ich in möglichst lockerem Ton, »Sie sind nicht wegen Tabak oder Schußwaffen hier.«

Wie sich rasch herausstellte, war er nicht zu Scherzen aufgelegt. Das BATF hatte Beschwerden von Kunden und der Staatsanwaltschaft mehrerer Bundesstaaten wegen ausbleibender Lieferungen erhalten. Deswegen wollte er jetzt Ermittlungen einleiten. Ich erläuterte den enormen Auftragseingang. Er machte sich Notizen über die Bestellungen und befragte mich nach Anbaufläche und Produktionskapazität. Außerdem wollte er wissen, warum kein Wein durch unsere funkelnagelneuen Anlagen floß.

»Ah«, sagte ich, »das besprechen Sie am besten mit dem Abt.« Wir fanden den Abt in einer Beratung mit Elliott und dem Vergnügungsparkarchitekten, der den Mount Kana anlegen sollte. Der Abt empfing den Bundesbeamten huldvoll und ging sogar soweit, ihm ein Glas Wein anzubieten.

»Bisher habe ich hier noch keinen Wein gesehen«, sagte der Beamte.

»Ah«, sagte der Abt. »Das besprechen Sie am besten mit unserem Bruder Ty. Er ist unser Direktor für Erfüllungswesen.«

»Besprechen wir das doch gleich alle drei«, meinte der

Beamte. Er erklärte uns, was wir ohnehin schon wußten, nämlich daß wir auch nicht annähernd genügend Trauben anbauten, um alle Bestellungen auszuführen, und daß wir zur Zeit überhaupt nichts produzierten. Dann erklärte er uns allerdings etwas, das wir noch nicht wußten.

»Ihr Interview im Fernsehen mit Diane Sawyer. Einer von unseren Jungs – ein echter Weinkenner – hat sich das Videoband, wo sie Ihren Wein kostet, mal genau angesehen. Er hat das Wort ›Figeac‹ auf dem Korken erkannt.«

»Ahhh«, sagte der Abt. »Tja, so wie die Dinge liegen, kostet unser Kana bald soviel wie ein Figeac.«

»Das tut nichts zur Sache«, sagte der Beamte. »Wer einen Wein für einen anderen ausgibt, macht sich strafbar.«

Der Abt richtete sich zu voller Größe auf. »Gebet dem Kaiser, was des Kaisers ist, und Gott, was Gottes ist! Wir achten die Gesetze des Landes. Gleichzeitig möchte ich Ihnen nahelegen, die Gesetze Gottes zu achten. Wir sind nur ein bescheidener Orden …«

Unseligerweise wurden die Ausführungen des Abts durch den Lärm eines Bulldozers unterbrochen, der die Baugrube für den neuen Weinkeller aushob. Der Beamte machte eine spitze Bemerkung über die umfangreichen Erdarbeiten, und dann verlor die Unterhaltung zunehmend an Niveau. Am Ende führte der Abt dem Beamten vor Augen, daß es in Amerika »hundert Millionen katholische Steuerzahler« gab.

»Was die wohl denken, wenn ihnen zu Ohren kommt, daß ihre Steuergelder für die Verfolgung der Heiligen Mutter Kirche ausgegeben werden«, sagte der Abt. »Diane macht bestimmt gern eine weitere Sendung darüber: ›Wie Vater Staat mit seinen kleinen Brüdern umspringt‹.«

Diane?

Ich zog den Beamten von dem Abt fort und tat mein möglichstes, um ihn zu beschwichtigen. Ich gelobte, daß die Lieferungen demnächst ausgeführt würden, daß wir dafür unseren eigenen, mit anderen Sorten verschnittenen Wein verwenden würden und daß bei der Etikettierung sämtliche einschlägigen Vorschriften strikt eingehalten würden.

Sobald ich den BATF-Beamten hinausbegleitet hatte, eilte ich zurück zum Abt. Er versicherte mir gleichmütig, der chilenische Wein sei »schon vor Wochen« bestellt worden, und nahm dann seine Unterredung mit Elliott und dem Vergnügungsparkgestalter über den künstlichen Berg wieder auf.

Ich rief den Manager der Weinkellerei im Maipo Valley an und erkundigte mich, wann der Wein eintreffen werde. Mein Spanisch war etwas eingerostet, aber soviel verstand ich doch, daß der *»cheque«*[16] über 1,5 Millionen Dollar, den der Abt ihm geschickt hatte, sich als *»mal«*[17] erwiesen hatte. Des weiteren reimte ich mir zusammen, daß man den Abt davon verständigt und daß er ihnen erklärt hatte, es sei alles ein Mißverständnis und ein neuer Scheck sei unterwegs. Es war aber kein *cheque* eingetroffen.

Da ich spürte, daß sich eine Katastrophe anbahnte, rief ich bei der Bank an und erkundigte mich nach unserem Kontostand. Die Antwort lautete 36 000 Dollar. Kein Wunder, daß der Scheck über 1,5 Millionen Dollar an die Weinkellerei in Chile geplatzt war. Bei dem Tempo, mit dem der Abt

---

[16] Span.: »Scheck«
[17] Span.: »schlecht« – d. h. nicht gedeckt

das Geld für seine Chefetage, seinen Weinkeller und jetzt auch noch für Ersatzalpen ausgab, würde der Betrag noch etwa eine Woche reichen. Wenn wir aber nicht schleunigst anfingen, die Bestellungen für Kana-Wein auszuliefern, wäre der BATF-Beamte bald wieder da – mit unerfreulichen amtlichen Schriftstücken im Gepäck.

Meine Bemühungen, den Abt zu bewegen, sich auf diese kritische Lage zu konzentrieren, waren vollkommen nutzlos. Er speiste mich mit chopraesken Platitüden ab, das Universum werde die Dinge schon regeln. Philomena allerdings ließ die Sache aufhorchen. Gemeinsam nahmen wir uns den Bau-Etat des Abts vor – waren Elliotts Rechnungen von astronomischer Größenordnung, so konnte man die des Vergnügungsparkgestalters nur mehr als »desaströs« bezeichnen – und gingen die Kosten für die Weinlieferungen durch. Am Ende stellten wir fest, daß wir fünf Millionen Dollar brauchten, und zwar schnell.

Ich beschloß, unser Wall-Street-Konto anzuzapfen. Mit Hilfe der Tips, die Unser Herr und Heiland in Seiner Weisheit und unendlichen Güte mir durch meine Lektüre des Breviers bis dahin zuteil werden ließ, hatte sich der Kana Hedge Fund recht ansehnlich entwickelt und Bills Klienten, die da investiert hatten, vielerlei Segnungen beschert. Ja, Bill hatte mir berichtet, daß ich durch die Performance des Hedge Fund sowie meine erfolgreichen Tips zu Schweinebäuchen und Apple in meiner alten Firma inzwischen als eine Art Guru galt. Wie er mir berichtete, nahm man dort an, ich habe »Beziehungen«. Wenn die wüßten.

Ich rief Bill an und fragte, wieviel Reinvermögen wir in dem Fonds hätten. »Etwas über eine Million«, sagte er; auch nicht annähernd genug, um uns zu retten.

In jener Nacht ging ich unruhig im Kloster auf und ab. Den Lesungstext für diesen Abend in meinem Brevier kannte ich gut, er stammte aus Markus 10,25: »Es ist leichter, daß ein Kamel durch ein Nadelöhr gehe, denn daß ein Reicher ins Reich Gottes komme.« Angesichts unserer mißlichen Lage war das eine bittere Weisheit. Zuerst meinte ich, dies sei ein Tadel Gottes, eine Mahnung, daß die Reichtümer, die dem Kloster zuteil geworden waren, unserer geistlichen Entwicklung abträglich seien. Dann kam mir die Erleuchtung: Unser Broker war wieder am Telefon und wies mir den Weg, wie das Kloster zu retten sei – und die Seelen einiger Reicher gleich mit!

Als ich in meinem Mönchshabit in der Firma auftauchte, erregte ich einiges Aufsehen. Überall reckten sich die Hälse, während ich am Börsensaal vorbei in Bills Büro ging. Alte Freunde begrüßten mich; selbst diejenigen, mit denen ich nicht sonderlich gut ausgekommen war, sagten ehrerbietig guten Tag.

»Hallo, Pater!« rief einer. »Haste nich 'n heißen Tip?«

»Der heißeste Tip ist die Hölle«, gab ich zurück. »Und das ist auch der einzige, den ihr Sünder heute von mir bekommt.« Ich ging extra an Jerrys Schreibtisch vorbei. Jerry war in der Firma berüchtigt dafür, daß er anderen Brokern die heißen Tips klaute. Mich hatte er früher meist ignoriert – *meine* Informationen wollte keiner haben. Er hatte mich nur beachtet, um mich wegen meiner Sauferei zu hänseln.

Jetzt sah er mich jedenfalls. Aber man müßte schon blind sein, um im Börsensaal an der Wall Street einen Mönch zu übersehen. Ich sagte so laut zu Bill, daß Jerry es auch bestimmt hören konnte: »Ich muß dich mal unter vier Augen sprechen.«

Ich war extra um die Mittagszeit gekommen, damit Jerry uns unauffällig folgen konnte. Als wir im Fahrstuhl herunterfuhren, machte ich ihm sogar Komplimente über seinen (gräßlichen) Schlips.

Ich hatte Slattery gebeten, zwei nebeneinanderliegende Nischen freizuhalten. In einer davon nahm ich mit Bill Platz. Einen Augenblick später ließ sich Jerry in der anderen nieder, die »zufällig« neben uns frei war, und tat, als vertiefe er sich in sein *Wall Street Journal.*

Wieder so laut, daß er es auch bestimmt hören konnte, sagte ich: »Bill, du kennst doch die Geschichte in der Bibel, in der es heißt, daß ein Kamel leichter durch ein Nadelöhr geht als ein reicher Mann in das Himmelreich?«

Er guckte mich argwöhnisch an. »Du hast mich doch nicht hierher gelotst ... du willst mich doch nicht etwa bekehren?«

»Dich kann nur die Wiederkehr Christi auf Erden bekehren, Bill. Nichts dergleichen. Hör mir einfach zu. Mal angenommen, es ginge da um ein Nadelöhr an einer Singer-Nähmaschine?«

»Wovon redest du?«

»Kamel?« half ich ihm auf die Sprünge. »Nadel?«

»Ich weiß immer noch nicht, worauf du hinauswillst.«

»Ich will darauf hinaus, daß ein Unternehmen ein anderes schluckt.«

Seine Miene wechselte von Unverständnis zu Verblüffung. »Du meinst ... RJR will Singer aufkaufen?«

»Andersrum. RJR wird von Singer Nähmaschinen aufgekauft.«

»Herr im Himmel«, flüsterte er.

»Ich hab nichts gesagt. Aber ich will RJR-Kaufoptionen[18] für eine Million. Sofort. Die Sache läuft schon, während wir hier reden.«

Bill zückte sein Handy. »Nein«, sagte ich und packte ihn am Handgelenk, »mach das lieber über eine Amtsleitung. Das Münztelefon da.«

Bill ging zu dem Telefon an der Bar. Ich stand auf und tat, als bemerkte ich Jerry erst jetzt. Er hatte bereits ein eigenes Handy hervorgeholt.

»Jerry!« sagte ich. »Ich hab dich gar nicht gesehen. Willst du dich nicht zu uns setzen?«

Jerry schien irgend etwas auf der Seele zu liegen. »Ähm, nein, also, tja, guck mal, wie spät es ist. Ich muß los.«

»Aber du hast noch gar nichts gegessen.«

»Eben ist mir eingefallen, ich muß noch einen Kunden anrufen.«

Ich zeigte auf sein Handy »Nur zu, ruf ihn doch an.«

»Die Batterie ist alle.« Ich marterte ihn weiter mit ablenkendem Geplauder. Allem Anschein nach litt er Folterqualen, als ich mich an eine ausführliche Analyse der aktuellen Wetterverhältnisse machte, ein Thema, über das man an der Wall Street einfach nicht spricht, es sei denn, es hat Auswirkungen auf die Getreidepreise. Endlich hielt er es nicht mehr aus.

»Ich muß meinen Anruf erledigen«, sagte er und raste los wie ein Windhund auf der Rennbahn.

Bill kam vom Telefon zurück.

»Alles klar«, sagte er. »Ich habe nebenbei gleich welche für mich selbst gekauft.«

---

[18] Wer eine Kaufoption erwirbt, setzt darauf, daß der Aktienpreis steigt.

»Jetzt hör mir gut zu, Bill. Wenn meine Optionen fünf Millionen wert sind, dann steigst du für mich aus. Verstanden?« Er schaute verwirrt drein. Wieso aussteigen, wenn die Aktien noch steigen? Ich sagte mit Nachdruck: »Tu einfach, was ich dir sage. Und du selbst steigst auch aus.«

Er mußte es mir schwören. Ich wollte zwar, daß Bill in den Himmel kommt, aber ich wollte ihn dabei nicht auch noch ruinieren.

Innerhalb einer Stunde hatte es sich an der Wall Street herumgesprochen, daß der Tabakgigant RJR im Geschäft war. Am Nachmittag legten die Aktien acht Punkte zu. Um 15 Uhr 40, nur ein paar Minuten vor Börsenschluß, standen meine Optionsscheine bei fünfeinhalb Millionen Dollar.

Ich rief Bill an. »Hast du verkauft?«

Er sagte, sie seien weggegangen wie warme Semmeln.

»Hast du deine auch verkauft?« Ich bemerkte ein leichtes Zögern. »Bill?«

Er versprach, er würde es tun.

Am nächsten Morgen gaben RJR und Singer bekannt, es sei keinerlei Übernahme der feindlichen oder auch freundlichen Art geplant. RJR-Aktien fielen wieder auf ihren Ausgangswert.

Als ich nach Kana zurückfuhr, erreichte mich Bill an meinem Handy und berichtete, Jerry sei »abgesoffen, und zwar mit Pauken und Trompeten«. Ich machte mir Vorwürfe, daß ich mich so darüber freute, befand dann aber, ich hätte Jerry zwar das irdische Leben zur Hölle gemacht, doch käme er dafür um so leichter in den Himmel.

Das Geld floß von unserem Konto nach Chile, und bald darauf floß Maipo Valley Cabernet durch unsere neuen Anlagen. An einem lauen Sommerabend kamen wir alle zusammen und schauten zu, wie die erste Flasche Kanaer »Himmlisches Abtströpfchen« abgefüllt wurde. Kurz bevor sie an die Korkmaschine kam, führte ihr Weg an Bruder Theo vorbei. In seiner neuen Eigenschaft als Verschnittmeister stand er mit einer Pipette mit echtem Wein aus unseren eigenen Trauben am Fließband. Wenn eine Flasche ankam, träufelte er je einen Tropfen davon hinein. Der Abt war der Meinung, durch diese winzige Menge unseres eigenen gräßlichen Weins sei die Bezeichnung »Ein Erzeugnis der Mönche des Klosters zu Kana« juristisch gerechtfertigt. Diese Rechtsauffassung wollte ich mit dem Bundesamt für Alkohol, Tabak und Schußwaffen lieber nicht erörtern.

Das erste Glas schenkte der Abt sich selbst ein, und wir alle sahen gespannt zu. Er hielt es gegen das Licht, ließ es kreisen, schnupperte und nippte dann. Ich meinte zu beobachten, daß er leicht zusammenzuckte, schließlich war sein Geschmack ja mittlerweile »gereift«, wie er sich ausdrückte. Doch er lächelte und erklärte den Wein für »überaus trinkbar«.

Er hielt eine huldvolle Rede, in der er allen Mönchen ein Lob aussprach, weil sie während unserer Zeit der Bedrängnis standhaft geblieben waren. Er brachte einen Trinkspruch auf »unsere phänomenale Philomena« und ihr »wundersames Wirken zu Kana« aus und schenkte ihr das zweite Glas ein. Philomena hob das Glas, dankte ihm und wandte sich dann an mich.

»Wenn jemand ein Wunder zu Kana vollbracht hat«, sagte sie, »dann Bruder Ty.« Sie reichte mir das Glas.

Von meinen früheren Alkoholproblemen konnte sie ja nichts wissen. Es war nun fast drei Jahre her, daß mir an jenem Tag bei Slattery's der letzte Tropfen Alkohol über die Lippen geflossen war. Doch jetzt war nicht der rechte Zeitpunkt, das alles aufzurühren. Es hätte ungehobelt gewirkt, dieses eine Glas zur Feier des Tages zurückzuweisen. Außerdem war ich neugierig auf unseren Wein, der unter so großen Mühen zustande gekommen war. Wie er wohl schmecken mochte?

Die Probe zeigte, er schmeckte überaus trinkbar. Mir wäre zwar wohler gewesen, wenn unsere Kunden sechs Dollar für die Flasche gezahlt hätten statt der fünfzehn, die wir nun berechneten, aber er wies keinerlei Rostpartikel und Orangefärbung mehr auf. Ja, er war ganz und gar nicht übel. Als wir uns zu dem Festmahl im Freien niederließen, das der Abt aus Anlaß des freudigen Ereignisses arrangiert hatte, gönnte ich mir ein weiteres Glas.

Noch nie hatten wir so geschwelgt. Elliott hatte ein Catering-Unternehmen aus New York City angeheuert. Bei jedem Gedeck lag eine Speisekarte, von den Mönchen liebevoll nach Art der illuminierten mittelalterlichen Handschriften verziert. Während der Wein mich innerlich erwärmte, betrachtete ich die eleganten kalligraphischen Schriftzeichen:

»Ein Festmahl zu Kana«

Ein galiläischer Hochzeitsschmaus in moderner
Interpretation
von Chefkoch Patrick O'Neill

Ein Wink mit dem Ölzweig
Manna-roni
Gadarener Schweinelendchen mit Amarettofeigen
gefüllt

Gedünsteter Meerengel in Pergamenthülle
Genezarethgelee
Kaffee
Himmlisches Abtströpfchen Kana Cabernet aus dem Maß

Mitten auf dem Haupttisch, an dem der Abt mit Philomena saß – ich war aus irgendeinem Grund davon ausgeschlossen –, prangte eine riesige Eisskulptur, die den neuen Mount-Kana-Komplex darstellte, einschließlich der neuesten Vision des Abts, eines gigantischen Pilgerzentrums.

»Bei dem ursprünglichen Festmahl zu Kana«, meinte Bruder Bob und stocherte in seinen Gadarener Schweinelendchen herum, »mußte man bestimmt mächtig aufpassen, daß die Eisskulptur nicht schmilzt. Oder vielleicht hat die Heilige Mutter Gottes dafür gesorgt, daß Jesus sich darum auch noch kümmert?«

Ich konzentrierte mich mehr auf die Szene neben der Skulptur. Der Abt war ganz aufgekratzt und schenkte sich und Philomena ein Glas nach dem anderen ein – aus einer Flasche, die mir bekannt vorkam. Selbst im Dämmerlicht konnte ich noch den Schriftzug »Figeac« auf dem Etikett erkennen. Sie waren in ein Gespräch vertieft. Ab und zu berührte der Abt sie am Ellenbogen oder Ärmel, um seinen Worten Nachdruck zu verleihen – gewiß handelte es sich um ein zeitloses theologisches Juwel aus dem Chopra-Kanon, der sie verband. Als er ihr einmal gleich den ganzen Arm um die Schulter legte, war das mehr, als ich ertragen konnte. Ich schnappte mir einen Krug Kana von unserem Tisch und stakste ab in den Weingarten.

Ich erklomm Mount Kana, das heißt den ursprünglichen

»Mount Kana«, den Hügel über der alten Müllhalde, und lauschte dem Festlärm unter mir. Hinter dem Rohbau des neuen Mount Kana ging der Mond auf. Wie lächerlich das aussah: verschweißte Stahlträger, aus denen ein fünfzehnstöckiger Alpenberg entstehen sollte. Was war aus unserem Kloster geworden? Wichtiger noch, was war aus mir geworden? Da saß ich nun auf einer Müllkippe, trank umgemünzten Wein und verzehrte mich vor Eifersucht auf – mein geistliches Oberhaupt. Vom Rausch benebelt, versuchte ich mir auszumalen, welche Kasteiungen der heilige Thad wohl für diesen Seelenzustand verordnen würde. Mit bloßem Wälzen im Dorngebüsch war es da gewiß nicht getan. Ich leerte den Krug bis zur Neige und schleuderte ihn gen Mount Kana. Dann legte ich mich hin und verfiel in einen altvertrauten Zustand – den der Bewußtlosigkeit.

Als nächstes erinnere ich mich an eine Stimme. »Ty? Fehlt dir was?« Es war Philomena, die da vor mir stand, und der Mond leuchtete über ihr wie ein Heiligenschein. Zwei Heiligenscheine, genauer gesagt. Ich blinzelte und versuchte, wieder geradeaus zu gucken.

»Die heilige Philomena«, murmelte ich.

»Bruder Bob sagt, du bist mit einer Flasche abgezogen. Es tut mir leid. Wenn ich gewußt hätte, daß du … dann hätte ich dir vorhin keinen Wein angeboten.«

»Wenn es nur ein Figeac gewesen wäre«, sagte ich. »Aber der ist wohl reserviert für deine traulichen Momente mit meinem geistlichen Oberhaupt.«

»Wenn du nicht so betrunken wärst«, sagte sie, »dann wäre ich jetzt beleidigt.«

»Hicks«, gab ich schlagfertig zurück.

»Ty. Wenn du den Abt unreiner Gedanken verdächtigst,

dann ist das deine Sache. Aber ich kann dir versichern, daß sie nicht auf Gegenseitigkeit beruhen.«

»Dann ist das wohl nur so was Spirituelles zwischen euch zwei Chopra-Fans.«

»Chopra? Wovon redest du?«

»Ihr habt euch doch auf einem Treffen des Chopra-Fanclubs kennengelernt, oder?«

Sie lachte ungläubig. »Ja. Meine Firma hat mich da hingeschickt, um Kunden zu werben. Du glaubst doch nicht etwa, daß ich diese Bücher ernst nehme? Ich bewundere den Typ für sein cleveres Marketing, aber freiwillig würde ich seine Bücher nicht lesen.«

So war das also. Meine Hochachtung für Philomena stieg in unermeßliche Höhen. Ich klopfte auf das taufeuchte Gras neben mir. »Hier ist noch ein Platz frei.« Sie setzte sich.

»Okay«, sagte ich. »Du glaubst also nicht an Deepak. Du glaubst nicht daran, sauber etikettierten Wein zu verkaufen. An was glaubst du eigentlich?«

»Krieg' jetzt keinen Schreck«, sagte sie. »Aber ich glaube an die katholische Nummer.«

»Die katholische Nummer?« fragte ich. »Ich glaub', die haben wir in Kirchendogmatik 101 nicht gehabt. Gehört zu der katholischen Nummer auch die Ausbeutung der Heiligen Schrift zu betrügerischen Geschäftszwecken? Glaubst du wirklich, es ist Gottes Wille, daß wir mit Seinem Wunder über Nacht reich werden? Glaubst du überhaupt, daß es wirklich ein Wunder zu Kana gegeben hat?«

»Tja, Eure Heiligkeit«, gab sie zurück, »zufällig hab ich mich etwas mit der Materie beschäftigt. Ich drehe keinen Werbespot, ohne vorher meine Hausaufgaben zu machen. Und was ich da über Kana gelesen habe, läuft letzten Endes darauf hinaus – vielleicht hat Er es getan, vielleicht auch nicht. Die Geschichte kommt nur im Evangelium des Johannes vor, und Johannes gilt unter Theologen als der am wenigsten verläßliche von allen vier Evangelisten. Die anderen drei erwähnen sie mit keinem Wort. Fazit? Vielleicht kommt es gar nicht darauf an, ob Er es getan hat oder nicht. Es kommt nur darauf an, daß die Leute glauben, Er hätte es getan.«

»Ich verstehe. Der Evangelist Johannes als Marketing-Consultant.«

»Das ist gar nicht mal so falsch. Was glaubst du denn, wie sich der katholische Glaube über die ganze Welt verbreitet hat? Exzellentes Marketing.«

»Warum mußt du nur so zynisch sein?«

»Wenn man Philomena heißt, ist das nicht schwer.«

»Wieso?« gab ich zurück. »Das ist doch ein reizender Name. Er bedeutet ›die Geliebte‹. Oder nicht?«

»Im Jahre 1802 wurde in den römischen Katakomben das Skelett einer jungen Frau gefunden. Man hielt es für die sterblichen Überreste einer frühen jungfräulichen Märtyrerin namens Philomena. Die Reliquie wurde einer Kirche in Neapel übergeben. Pilger strömten in hellen Scharen zu der Kirche – und alle brachten Spenden mit. Hundert Jahre später kommt man dann zu dem Schluß, es seien doch nicht Philomenas Knochen. Man wisse nicht, wem die Knochen gehören. Vielleicht war sie gar keine Märtyrerin. Und auch keine Jungfrau. Also erklärt die Kirche sie zu einer Nicht-Heiligen. Ihre Verehrer sind völlig aus dem Häuschen, vor allem die Priester an allen Kirchen der Welt, die den Namen der heiligen Philomena tragen. Da sagt Papst Paul VI., na schön, dann betet sie weiter an. *Und wehe, die Spenden blei-*

ben aus. Tja, ich bin ein bißchen zynisch. Wer den Namen der ›heiligen‹ Philomena trägt, der hat das Recht, etwas skeptisch zu sein. Also, Eure Heiligkeit, du kannst dich da hinsetzen und den Glauben verteidigen und meinen Werbespot blasphemisch schimpfen, aber er erfüllt den gleichen Zweck wie die Knochen von diesem Teenagermädchen – er bringt Geld ein für eine gute Sache.«

»Meinst du mit der guten Sache den Weinkeller des Abts? Oder«, ich zeigte auf den monderhellten Rohbau, »Mount Kana?«

»Ich bestreite ja gar nicht, daß Geld korrumpiert. Der Weinkeller des Abts ist schließlich nicht die erste Pfründe in der Geschichte der katholischen Kirche. Warst du in letzter Zeit mal im Vatikan?«

Sie sah reizend aus, wie sie da im nassen Gras saß. Ich hatte keine Lust auf weitere theologische Debatten. Jetzt wollte ich nur noch wissen, wie die Szene in den *Dornenvögeln* weiterging. Als Philomena uns den Abschnitt vorgelesen hatte, war ich am nächsten Tag in die Buchhandlung gegangen und wollte mir ein Exemplar kaufen. Kaum hatte ich den Laden betreten, sagte der Verkäufer auch schon zu mir: »Lassen Sie mich raten – die *Dornenvögel.* Tut mir leid, das ist restlos ausverkauft.« Er erläuterte, ich sei der vierzehnte Mönch an dem Tag, der danach verlangt hatte.

»Philomena«, sagte ich. »Darf ich dir eine absolut untheologische Frage stellen? Sie liegt mir schon lange auf der Seele.«

»Ja«, sagte sie.

»Wie geht diese Stelle in den *Dornenvögeln* weiter? Die, wo Meggie den Priester umarmt?«

Philomena lächelte. »Komisch, daß du davon anfängst.«

»Wieso?«

»Gerade hab ich gedacht, daß du in diesem Mondlicht ein bißchen wie Richard Chamberlain[19] aussiehst.«

»Oh«, sagte ich.

Sie kicherte. Demnach hatte sie selbst einen kleinen Schwips. »Darf ich dich was fragen?«

»Sicher.«

»Als du noch draußen warst, an der Wall Street, hast du da jemals heiraten wollen? Oder warst du nicht...«

»Ich bin nicht schwul, wenn du das meinst. Ich bin durchaus mit Frauen ausgegangen, aber irgendwie hat es nie... wie soll ich sagen...«

»Nie geklappt? Ich weiß.«

Wir saßen ein bißchen verlegen da im Mondschein.

»Du willst also wissen, wie es weitergeht?« fragte Philomena.

Ich nickte. Sie legte die Arme um meinen Hals und küßte mich.

Als wir in den Hof zurückschlenderten, hatte die Fete ihren Höhepunkt überschritten. Zum Glück waren die verbliebenen Mönche nicht mehr in der Lage zu bemerken, daß wir zusammen ankamen. Eins von Bruder Jeromes Schweinen war ausgerissen und wühlte offenbar in den Resten des Genezarethgelees herum. Bruder Algernon war auf dem Tisch zusammengesackt und schnarchte. Die Eisskulptur von Mount Kana hatte eine eisige Pfütze gebildet, die auf

---

[19] Der Schauspieler, der in der Fernsehserie *Die Dornenvögel* den Pater (später Kardinal) Ralph de Bricassart spielt.

die lang hingestreckte Gestalt von Bruder Tom tröpfelte. Bruder Jerome merkte nichts von seinem ausgerissenen Schwein, er hatte seinen neuen Walkman aufgesetzt und hüpfte und wackelte herum. Im Vorübergehen hörten wir die Klänge, die aus seinen Kopfhörern drangen: »Staying alive!... Staying alive!«

Ich tippte ihm auf die Schulter, um ihm von seinem Schwein zu berichten.

»Was?!« schrie er. Ich bedeutete ihm, er möge die Kopfhörer absetzen.

»Dein Schwein«, sagte ich.

»Selber Schwein«, kicherte er.

»Nein. Dein *Schwein.*« Ich zeigte auf das Tier. »Es ist ausgerissen. Unternimm was, bevor es Bruder Tom auffrißt.«

»Tolle Fete«, meinte er. »Schön, daß es uns jetzt so gut geht, nicht?«

»So ist's recht«, antwortete Philomena. »Ich sag' Bruder Ty schon die ganze Zeit, er soll sich über unser glückliches Geschick keine Gewissensbisse machen.«

»Ja«, sagte er. »Wir haben uns dahintergeklemmt, und das ist jetzt unser Lohn.« Er setzte die Kopfhörer wieder auf und ging sein Schwein einfangen. Dann blieb er stehen und drehte sich um. Er grinste uns zu und brüllte durch den Lärm der Bee Gees einen Spruch, den ich nie vergessen sollte. Es war, wie mir später klar wurde, das Vierte Gesetz des geistigen und finanziellen Wachstums:

IV.

Geld ist ein Dankeschön Gottes!

Marktmeditation Nummer Vier

Wie oft hast du selbst beobachten können, daß ein Kamel nicht durch ein Nadelöhr geht?
Wie oft hast du beobachtet, daß ein Reicher nicht ins Himmelreich kam?
Wenn Gott nicht wollte, daß der Mensch reich wird, warum hat er dann soviel Geld geschaffen?
»Manna« klingt doch ganz ähnlich wie »money«, stimmt's?
Und woher kommt wohl das Wort »Moneten«?
Gibt nicht jeder gute Verkaufsleiter seinen besten Leuten eine Gratifikation?
Willst du etwa sagen, Gott wäre kein guter Verkaufsleiter?
Wenn dir jemand ein schönes Geschenk macht, gehört es sich dann, es ihm wieder ins Gesicht zu schmeißen?
Würdest du Gott das antun?
Was glaubst du wohl, wie Er das fände?
Ob du wohl leichter ins Himmelreich kommst, wenn du Gott beleidigst?

Hervorragende Fragen! Nimm ein Blatt Papier. Ziehe in der Mitte eine senkrechte Linie. Zähle auf der linken Seite alle schönen Dinge auf, die dir gehören. Und rechts schreibst du genau auf, wie du sie jeweils bekommen hast. (Beispiel: Neben den Fernseher mit 84-cm-Bildschirm: »Mit Mastercard[20] bezahlt«).

Siehst du, wie sich da auf der rechten Seite ein Schema abzeichnet? Wie bist du an die Sachen gekommen? Für jedes einzelne Teil *mußtest du Geld bezahlen!*

Jetzt dreh' das Blatt um und schreib' alles auf, was du nicht hast, aber gern hättest. (Beispiel: »Fernseher mit 117-cm-Bildschirm«[21]). Okay – und wie kommst du an all diese Dinge ran? Genau. *Noch mehr Geld!*

Nun nimm das Blatt Papier in die Hand. Falte es einmal der Länge nach. Dann kniffe die Enden um, so daß sie Dreiecke bilden. Falte die Dreiecke noch einmal. Und noch einmal. Sieht das jetzt wie ein Papierflieger aus?

Nun schreib' auf den linken Flügel, wieviel Geld du gern hättest. Auf den rechten Flügel schreibst du, mit wieviel du dich begnügen würdest. Startbereit? Halte die Luftpost zwischen den Fingern, gehe an das nächste Fenster und öffne es. Fertig? Und ab die Post![22]

Jetzt – *ganz wichtig* – frage dich, während du dich hinsetzt und wartest, daß Gott dir ein paar »Scheinchen« zurückschickt: »Wenn Gott ›danke‹ sagt, wie heißt dann meine höfliche Antwort darauf?«

Hinweis: siehe dazu das nächste Kapitel.

---

[20] Es macht nichts, wenn du nicht mehr genau weißt, welche Karte du genommen hast. Gott weiß es.

[21] Die Marke muß nicht angegeben werden.

[22] Falls du im Büro bist, versuch' gar nicht erst, das Fenster zu öffnen – du richtest sonst nur Schaden an. Geh' aufs Dach oder auf den Parkplatz.

Gebet des unbeschwerten Reichtums

O Herr, der Du alle Prämien verteilst und alle Gratifikationen auszahlst, der Du Dein Volk mit Deinem Incentive-Programm durch die Wüste geleitet hast, wenn Du mich mit Geld überschüttest, dann gib mir die Kraft, es einzustecken, die Gelassenheit, es ohne Schuldgefühle anzunehmen, und die Weisheit zu erkennen, daß dies Deine Art ist, danke zu sagen.

Das fünfte Kapitel

Der Vatikan ist irritiert
Der Abt ist sauer
Eine biblische Schachpartie

Es war ein sehr gutes Jahr. In den zwölf Monaten, nachdem die erste Flasche vom Fließband gerollt war, produzierten wir eine halbe Million Flaschen »Himmlisches Abtströpfchen«. Regelmäßig trafen Lastwagen mit Containern voll chilenischem Wein ein, und Bruder Jeromes Pipettendienst mußte automatisiert werden. Allein mit dem Wein konnten wir über zehn Millionen Dollar Profit scheffeln. Unterdessen florierte auch mein Kana-Fonds. Mit Hilfe eines Computer-Consultants speiste ich das Brevier auf eine Datenbank namens BREVNET ein, die unsere Tageslesungen mit den Entwicklungen auf dem Weltmarkt verglich. Noch mehr Geld strömte herein, als das neue Pilgerzentrum Mount Kana eröffnet wurde. Brents neue Kana-Werbespots zogen zusätzliche Massen an, und Philomena hatte die Sache voll im Griff. Zu meiner großen Freude hatte sie unser Angebot angenommen, Direktorin für die Entwicklung des Pilgerwesens zu werden, und in einer geräumigen Wohnung über dem Zentrum Quartier bezogen.

Da brach eines Sommermorgens ein unerwarteter Gast aus Rom in unsere Klosterruhe ein.

Wir saßen mit Elliott und dem Vergnügungsparkgestalter in der inzwischen vollendeten Vorstandsetage des Abts und besprachen seine Idee, Mount Kana um eine »Weinrutschbahn« zu erweitern. Die beiden hatten ein Modell mitgebracht. Elliott erläuterte: »Die Rutschbahn muß man sich *erarbeiten*. Jeder bekommt einen Pilgerstab für die kleine Wallfahrt auf den Berg hinauf. Zur Beflügelung haben wir am Wegesrand einen kleinen Schrein aufgestellt, der heilige Thad im Dorngebüsch. Da ist auch ein Kästchen, falls jemand eine Spende leisten möchte. Alles sehr hübsch. Dann kommt man auf den Gipfel und erhält seine Belohnung. Als erstes sieht man ein ungeheures Maß – für uns eine einmalige Chance, dem biblischen Maß kreative Gestalt zu verleihen. Ein automatisch gesteuerter Diener gießt klares Wasser hinein, und rotes Wasser – der Wein – kommt wieder heraus, aus einem anderen Zirkulationskreis, weil wir hier ja nicht wirklich Wasser in Wein verwandeln. Dann besteigt man so ein viersitziges Boot, einfach umwerfend, in Form eines aufgeschnittenen Weinfasses. Und ab die Post. Man kommt zum Wasserfall, und huuiii! geht es die Rutschbahn runter. Da wird ein Schild aufgestellt, daß Mama ganz beruhigt sein kann, dieser rote ›Wein‹ macht keine Flecken.«

Philomena und ich tauschten unbehagliche Blicke. »Alles sehr nett, Elliott«, sagte sie, »aber ich mach' mir ein bißchen Sorgen um unser Image. Wir dürfen uns das Franchise nicht vermasseln.«

»Wie viele Pilger pro Stunde kann man da durchschleusen?« fragte der Abt.

In dem Moment wurden wir von Bruder Mike unterbrochen, einem tüchtigen jungen Mönch, der erst vor kurzem bei uns eingetreten war und dem Abt als Vorstandsassistent zur Seite stand. Er trat herein und reichte dem Abt eine Visitenkarte.

»Er wartet in der Empfangshalle.«

Der Abt starrte die Karte unverwandt an. Er las laut vor: »Monsignore Raffaello Maraviglia … Segretario Esecutivo … Ufficio dell'Investigazione Interna … Vaticano … Interne Ermittlung des Vatikans?« Plötzlich erbleichte er. »Großer Gott, das ist ja die Dienststelle von Kardinal Blutschpiller!«

Der Vatikan lag für uns in weiter Ferne, doch selbst wir schlichten Mönche kannten den Ruf von Franz Kardinal Blutschpiller. Er war der meistgefürchtete Mann der Kirche. Man nannte ihn den »Großen Exkommunikator« – der persönliche Vollstrecker des Papstes. Und sein Bevollmächtigter stand jetzt in unserer Empfangshalle.

Der Abt lief eilends, ihn zu begrüßen. Einen Augenblick später ging die Tür auf, und wir hörten den Abt sagen: »Also, das ist unser neues VIP-Zentrum für Innere Einkehr …«

Der da eintrat, war ein Mann in den Vierzigern, groß und schlank mit hohen Wangenknochen, kobaltblauen Augen und einem Grübchen am Kinn. Er trug einen hervorragend geschnittenen schwarzen Anzug und darunter das violette Kollar eines Prälaten sowie ein großes silbernes Kruzifix an einer Kette.

Philomena zuckte zusammen. Ich brauchte nicht zu fragen, warum. Er hatte eine geradezu gespenstische Ähnlichkeit mit Richard Chamberlain. Auch Elliott war starr vor Staunen, vielleicht wegen des Anzugs.

Der Abt machte uns miteinander bekannt. Monsignore Maraviglia[23] gab sich freundlich, jedoch etwas reserviert.

[23] Das »g« ist stumm.

Ein peinlicher Moment trat ein, als er Elliott mit »Bruder« ansprach.

»Auch wenn ich Schwarz trage«, erläuterte Elliott, »bin ich kein Mitglied des Ordens.«

Der Blick des Monsignore huschte durch den Raum, während wir über Kardinal Blutschpillers Gesundheit und insbesondere seine erst vor kurzem überstandene Prostataoperation plauderten. Als der Abt sich in Erläuterungen über die Wetterverhältnisse in den ländlichen Regionen des Staates New York und deren Auswirkungen auf den einheimischen Weinbau erging, erblickten die kalten blauen Augen des Monsignore das Modell. Er beugte sich vor und betrachtete die Figurinen, die in Fässern über den Wasserfall preschten. Er las das Schildchen über dem Torbogen.

»›Kan-a-Kade‹...«, buchstabierte er. Er schien verwirrt, doch dann lächelte er ein dünnes Lächeln. »Natürlich – das kommt von ›Kaskade‹. Eine Verbindung von ›Kana‹ und Wasserfall.«

»Ein kleiner Scherz von unserem jungen Freund hier«, sagte der Abt und deutete auf Elliott. »Er hat uns das mitgebracht. Ist es nicht... lustig?«

»Höchst ungewöhnlich«, sagte Monsignore Maraviglia. »Demnach haben Sie vor, das in Ihren Berg einzubauen?«

»Wir dachten, so könnte man die Heilige Schrift mit Leben füllen«, erklärte der Abt. »Und gleichzeitig den Pilgern eine Abkühlung verschaffen. In der Sommerzeit kann es hier bisweilen recht heiß werden. Und was führt Sie nach Kana?«

»Wir haben viel von Ihnen gehört«, sagte der Monsignore. »Ich habe Ihren Werbespot gesehen.«

»Oh«, sagte der Abt. »Das müssen Sie mit Bruder Ty und Philomena hier besprechen. Das war ihr Projekt.«

»Höchst eindrucksvoll.« Er lächelte Philomena zu. Es war das erste Mal, daß ich einen Anflug von Herzlichkeit an ihm entdeckte. Philomena errötete.

Dann wandte er sich an den Abt: »Seine Eminenz der Kardinal hat mich gebeten, Ihnen einen Besuch abzustatten und Ihre Methoden zu begutachten.«

»Ah«, sagte der Abt.

Der Monsignore klatschte in die Hände. »Wie wär's mit einem Rundgang?«

Der Abt meinte: »Monsignore ist gewiß erschöpft von der Reise? Vielleicht ein Nickerchen ...«

»Ich habe in dem Motel in der Stadt übernachtet. Ich wollte gleich früh hier sein.«

»Oh. Also dann, wo sollen wir anfangen ...«

»Warum nicht gleich hier.« Der Monsignore erfaßte die opulente Ausstattung des Raums mit einem vernichtenden Blick. »Das ist Ihr ›VIP-Zentrum für Innere Einkehr‹?«

»Ja«, sagte der Abt. »Für VIPs, die bei uns Einkehr halten wollen. Sie erwarten natürlich einen gewissen Komfort.«

»Selbstverständlich.« Der Monsignore schlenderte in das Atrium mit den vier Alabastersäulen und dem etruskischen Marmorbrunnen. Der Abt begann zu erläutern, daß fließendes Wasser der Kontemplation förderlich sei, doch der Monsignore war bereits unterwegs zum Multimedia-Raum. Er ließ sich auf der italienischen Ledercouch nieder.

»Sehr gemütlich«, sagte er. »Und das da ...« Er deutete auf die große Leinwand.

»Da führen wir unseren Gästen Filme vor«, sagte der Abt. »Erbauliche Filme. Dokumentarwerke ...«

Der Monsignore war schon wieder auf den Beinen und lief die Treppe zum Weinkeller hinunter. Der Abt blickte höchst beunruhigt drein. Gute fünf Minuten blieb unser Gast verschwunden.

»Ein hervorragender Weinkeller«, sagte er bei seiner Rückkehr. »Allerdings habe ich keine Flaschen von Ihrem eigenen Wein gesehen.« Er ging in die daneben liegende Schlafkammer. »Und das?«

»Ein Gästezimmer, für die Innere Einkehr.«

Der Raum sah eindeutig bewohnt aus. Mönchskleider lagen herum. Die Daunendecke auf dem Bett war zerwühlt. Auf dem Videorecorder und dem Fernsehapparat am Fußende des Betts türmten sich Deepak-Chopra-Videos über Schlankheitskuren und Spiritualität. Auf dem Nachttisch standen eine halbausgetrunkene Flasche Bordeaux (Duhart-Milon Rothschild '76), ein Wecker, eine Großpakkung Aspirin und ein Stapel Jazz-CDs. »Wohnt hier jemand?«

»Im Augenblick nicht«, sagte der Abt. »Tagsüber benutze ich den Raum bisweilen. Zur Kontemplation ... einem kleinen regenerativen ... Nickerchen. Natürlich habe ich auch eine Zelle, wie alle anderen Mönche.«

Monsignore Maraviglia nickte. »Ja, natürlich. Nun, schauen wir uns den Rest dieses ... Klosters an.«

Der Abt ging widerstrebend voraus zu den Zellen. Aus einigen drang Musik. Als wir an der Tür von Bruder Ed vorbeikamen, glaubte ich die Titelmelodie von *Baywatch* zu erkennen. Der Monsignore ging ungerührt weiter, bis wir aus Bruder Toms Zelle ziemlich lautes Schnarchen hörten. Da warf er einen Blick auf die Armbanduhr. »Haben wir hier 10 Uhr 15 Ortszeit?«

Der Abt nickte verbissen. Dann versuchte er es mit: »Da wir so früh aufstehen, haben wir eine ›Freistunde‹ zur persönlichen Kontemplation eingeführt. Sie wissen schon, zur … Reflexion.«

»Sehr wichtig«, sagte Maraviglia. »Und Ihre Zelle?«

»Ganz am Ende des Flurs.«

Die Tür zu der alten Zelle des Abts öffnete sich knarzend. Eine unberührte Staubschicht bedeckte den gesamten Raum. Die Nachttischlampe war mit Spinnweben verhangen. Auf dem Boden lag eine nackte Matratze.

»Sie gehen den anderen Mönchen mit gutem Beispiel voran«, sagte der Monsignore. »Verdammt der heilige Thaddäus in *Dolores Extremis,* Buch acht, nicht alle Bequemlichkeit, nein? ›Dein Bett sei wie der Fels, und nur rauhes Heu und Dornen sollen deine Decke sein.‹«

»Gehen wir doch weiter zum Pilgerzentrum«, schlug der Abt vor.

Philomena führte ihn durch die Probierstube, den Festsaal – auf dem Schild stand »Nächstes Festmahl 12 Uhr« –, die Hochzeitskapelle und den Souvenirladen mit den Mount-Kana-Schlüsselringen und Karaffen in Mönchsgestalt. Zum ersten Mal sah ich Philomena wegen ihrer Marketing-Kreationen in Verlegenheit. Der Monsignore blieb unverändert freundlich, selbst als er das T-Shirt sah, das vorne das Bild eines Weinkrugs trug, und auf der Rückseite stand:

MEINE ELTERN WAREN AUF DEM MOUNT KANA UND HABEN
MIR NUR SO EIN
MASSLOS BESCHISSENES T-SHIRT
MITGEBRACHT

»So lernen sie die biblischen Maße und Gewichte«, sagte Philomena. »Ein Maß sind etwa …«

»Sechsunddreißig Liter«, sagte er.

Wir kehrten in das »VIP-Zentrum für Innere Einkehr« zurück.

»Also«, sagte der Abt beim Kaffee, der klugerweise nicht aus seiner privaten Espressomaschine stammte, »wie lange können Sie bleiben?«

»Nach allem, was ich bisher gesehen habe« – der Monsignore rührte nachdenklich in seinem Kaffee –, »wird meine Untersuchung eine gewisse Zeit in Anspruch nehmen. Ich will sehr gründlich vorgehen. Und fair. Wir wollen nicht, daß sich da falsche Vorstellungen herausbilden. Oder publik werden.«

»Gewiß nicht.« Der Abt konnte ihm nicht gut widersprechen. Der Monsignore war nicht nur sein geistliches Oberhaupt, er hatte auch die Macht, der Marke Kana für immer den Garaus zu machen. »Wir helfen Ihnen, wo wir können. Bruder Ty kommt aus der Finanzwelt. Er kennt unseren Betrieb wie seine Westentasche. Er wird Ihnen in jeder Weise behilflich sein.«

»Danke. Ich werde mich an Bruder Ty halten. Aber Philomena, sagten Sie nicht, Sie hätten einen Abschluß in Betriebswirtschaft?«

Philomena nickte.

»Dann könnten Sie mich vielleicht an die Hand nehmen?« Er wandte sich an den Abt. »Wenn Sie sie entbehren können?«

»An die Hand nehmen«, sagte der Abt. »Natürlich. Wir tun alles, um Seiner Eminenz behilflich zu sein.«

Maraviglia fragte: »Steht in nächster Zeit eine Innere Einkehr auf dem Programm?«

»Nein, das nicht. Nicht, daß ich wüßte …«

»Dann könnte ich vielleicht hier wohnen.«

»Hier?«

Der Monsignore bedeutete ihm mit einer Handbewegung, was er meinte. »Im Gästezimmer.«

»Ah«, sagte der Abt. Er sah aus, als habe ihn ein schweres Unglück getroffen. »Nun, wenn ... Sie meinen, Sie können sich mit unserer bescheidenen Gastlichkeit zufriedengeben.«

Der Monsignore lächelte. »›Nimm, was dir gegeben wird, und trag dein Leid mit Schweigen und heiterem Gemüt.‹ *Dolores Extremis*, Buch vier.«

Am nächsten Morgen versammelten sich alle Mönche pünktlich um fünf Uhr früh zur Matutin in der Kapelle; es war dies seit geraumer Zeit das erste Mal. Nachdem der Abt unter Berufung auf die »dynamische Entwicklung der Mission zu Kana« die klösterlichen Regeln gelockert und das *in camera*-Gebet[24] eingeführt hatte, war die Beteiligung an der Morgenandacht rapide zurückgegangen. Einige Mönche wirkten etwas verschlafen und hatten offenkundig Mühe, bei den Gesängen die Melodie zu halten.

Nach der Matutin marschierten wir zum Frühstück in das Refektorium, wo uns ein neuer Schock erwartete: Bruder Tom kochte wieder. »Wo«, fragte Bruder Bob und starrte auf seine Schüssel mit lauwarmem Haferschleim, »wo ist Lucas?« Lucas war der Koch, den der Abt aus einem Hotel in den Berkshires abgeworben hatte.

»Den hat Gott zu sich gerufen«, erwiderte ich, schob die widerliche Schüssel fort und schenkte mir noch eine Tasse

[24] Lat.: »im Zimmer«

von der Flüssigkeit ein, die Bruder Tom als Kaffee ausgab. Unsere Espressomaschine war wohl mit Lucas zusammen in die Verbannung geschickt worden.

Der Abt stand am Pult und las vor, ganz wie in alten Zeiten.

Hier und da klebte ein Heubüschel an seinem Habit – da hatte er wohl Monsignore Maraviglia zuliebe auch »einen auf Accessoires gemacht«, wie Elliott sich ausgedrückt hätte. Der Text des Abts stammte, soweit ich das beurteilen konnte, aus der detaillierten Abhandlung des heiligen Thad über das Weben von härenen Hemden. Es ist eine Stelle voller technischer Einzelheiten, und ich konnte dem Latein nur mit Mühe folgen. Einige andere Mönche schauten ebenso verständnislos drein, aber vielleicht ging es ihnen auch so elend, daß ihnen sowieso alles egal war; doch Monsignore Maraviglia begleitete die Lesung mit beifälligem Kopfnicken. Er aß sogar seinen ganzen Haferschleim auf, was ja an sich schon ein eindrucksvoller Akt der Selbstkasteiung war.

Am Nachmittag rief mich der Abt in seine Zelle. Er lag auf den Knien, aber er betete nicht, sondern versteckte seine Deepak-Chopra-Bücher unter dem Bett, das mit Heu bedeckt war.

»Das Heu ist vielleicht nicht unbedingt nötig«, meinte ich.

»Du kennst Blutschpiller nicht«, sagte er. »Hast du dich um den Wagen gekümmert?« Am Vorabend hatte der Abt mich angewiesen, seinen Lexus[25] aus unserer Garage auf den Parkplatz des Pilgerzentrums zu fahren.

---

[25] Ein Wagen der Luxusklasse, der nicht zur traditionellen Klosterausstattung gehört.

»Ja.«

Er kramte in seiner Kiste. »Achgottachgott«, sagte er.

»Was ist, Vater?«

»Da – tu das in den Kofferraum – und schließ ihn ab.« Er reichte mir eine dicke Rolle. Ich erkannte, daß das die Pläne für den neuen Golfplatz waren, der auf einem kürzlich erworbenen Grundstück errichtet werden sollte.

»Was macht er im Augenblick?« fragte der Abt.

»Er ist schon den ganzen Morgen zusammen mit Philomena in deiner Suite – ich meine im VIP-Zentrum für Innere Einkehr.«

»Konntest du unter vier Augen mit ihr reden? Ist sie … kooperativ?«

»Ich weiß nicht«, sagte ich. »Anscheinend kommen sie ganz gut miteinander aus.«

Prompt klopfte es an der Tür. Es war Maraviglia.

»Störe ich?«

»Treten Sie ein«, sagte der Abt. »Nehmen Sie auf dem Bett Platz. Wenn Ihnen das Stroh nichts ausmacht.«

»Sehr löblich, Vater.« Maraviglia lächelte. »Aber keine Dornen?«

»In dieser Jahreszeit schwer zu finden. Im Herbst vielleicht.«

Maraviglia hielt einen Stapel Papiere in der Hand. »Das habe ich in Ihrer Suite – Verzeihung, in der Gästesuite – gefunden. In dem Zeitungsständer am Kamin. Sehr interessant. Was bedeutet das, ›Coverage‹?«

Ach du Schreck, dachte ich. Eines Tages hatte sich der mit seinen vielfältigen Projekten beschäftigte Abt bei Philomena beklagt, er könne sich kaum noch um die Tageslesungen aus dem Brevier widmen. Sie erklärte ihm, in Hollywood hätten die leitenden Herren Assistenten, die alles für sie lesen und Bücher und Filmdrehbücher zu zweiseitigen Synopsen zusammenfassen, die »Coverage« heißen. Am nächsten Tag befahl der Abt seinem neuen Assistenten Bruder Mike, ihm eine Coverage seines täglichen Offiziums zu liefern.

Maraviglia las von einem Blatt vor: »Matutin, die Story vom verlorenen Sohn. Zwei Brüder – einer gut, einer böse. Der Böse ist ein Partytyp, haut ab, bringt Daddys Geld durch, kommt mit eingezogenem Schwanz zurück. Dad sagt: Hey, kein Problem, jetzt wird gefeiert. Guter Sohn sagt: Was geht denn hier ab? Ich reiß mir den Arsch auf, und für den schmeißt du 'ne Party? Dad sagt: Ganz cool bleiben – das ist mein Sohn, und jetzt ist er wieder da. Bei uns kriegt jeder seinen Teil Liebe ab.«

Der Abt räusperte sich.

»›Ganz cool bleiben‹?« fragte Maraviglia.

»Bruder Mike ist erst vor kurzem bei uns eingetreten«, sagte der Abt. »Er macht das ihm Rahmen seiner täglichen geistlichen Übungen. Wie Sie sehen, hat er keine umfassende Bildung genossen. Ich habe ihm die Aufgabe gestellt, die Lesungstexte in seinen eigenen Worten zusammenzufassen. ›Ganz cool bleiben‹ heißt hier wohl, sich beruhigen.«

Gut gebrüllt, Löwe, dachte ich.

Maraviglias Besuch – »Besetzung« wäre vielleicht treffender – dauerte nun schon über einen Monat. Er ließ sich kaum anmerken, auf welche Entsetzlichkeiten und Ketzereien er während seiner Revision gestoßen war, die er mit Philomena in der Abgeschiedenheit des VIP-Zentrums für Innere Einkehr durchführte. Seine einzige Entspannung bestand offenbar darin, sich im Multimedia-Raum des Abts italienischen Fußball anzusehen. Erstaunlicherweise hatte er ganz allein herausgefunden, wie man die Satellitenanlage programmiert; der Abt hatte drei Wochen gebraucht, um das auszutüfteln.

Wir Mönche gingen unseren klösterlichen Pflichten mit neugewonnener Askese nach. Während der Mahlzeiten las uns der Abt aus den Schriften des heiligen Thad vor. Er wählte die drastischsten Stellen aus dem hingebungsvollen Leben unseres Schutzheiligen aus. Ein Abschnitt, der sich über zwei Mahlzeiten erstreckte, behandelte die Frage, welche Art von Salz man am besten in das frisch gegeißelte Fleisch reibt (bayerisches). Eine andere Stelle mit einem Rezept für einen Eintopf aus alten Sandalen und Pferdehalftern vermochte Bruder Toms Thunfischkasserolle nicht schmackhafter zu machen. Zwischen den Mahlzeiten sahen wir den Abt nur selten. Meist blieb er in seiner Zelle und studierte die Werke von Deepak Chopra.

Auch ich hielt mich von Maraviglia fern. Ich beschäftigte mich in meinem Büro, wo ich die Performance unseres Hedge Fund auf dem Computermonitor verfolgte und versuchte, mich auf lateinamerikanische Risikofonds und Goldstellagegeschäfte in Tokio zu konzentrieren. So ganz war ich mit meinen Gedanken nicht bei der Sache. Ich hatte Sehnsucht nach Philomena. Wir hatten alles darangesetzt, die Keuschheit unserer Beziehung zu wahren – unser Kuß im Mondschein hatte sich nicht wiederholt –, doch im Laufe des letzten Jahres waren wir uns stetig nähergekommen. Unsere regelmäßigen Besprechungen der Belange von Kana waren für mich der Höhepunkt des Tages gewesen. Doch seit Maraviglia hier war, hatte ich sie kaum oder gar nicht mehr zu sehen bekommen.

Als es mir eines Tages zu langweilig wurde, die Preisentwicklung von Platin-Futures zu verfolgen, surfte ich zur Zerstreuung ein wenig im Internet. Ich ließ die Suchmaschine nach Sites fahnden, die etwas mit dem heiligen Thaddäus zu tun hatten, und fand mich binnen kurzem verblüffenderweise in einem Chat Room wieder, der *Dolores Extremis* gewidmet war. Auf dem Monitor verfolgte ich den Verlauf des Gesprächs.

Sgt. Pain: Hast du dir mal Kap. III reingezogen, wo er von den Wachen des Sultans gefesselt wird?

Dolores-Dolores: Ich *liieeebe* diese Szene. *Geil, geil, geil!!!*

Sgt. Pain: Dir gefällt das, gib's zu.

Dolores-Dolores: Aber sie haben ihn gar nicht geknebelt.

Sgt. Pain: Dann gib dir mal Kap. XXIII. Da wird geknebelt bis zum Anschlag. Drei Granatäpfel!!! Die Mohren wissen, wie man's macht.

Dolores-Dolores: Was ist ein Granatapfel???

Horny-Thorny: Pfeif dir die Lexikon-Def rein: »Frucht mit harter, rötlicher Schale, zahlreichen, von saftig-rotem Fruchtfleisch umschlossenen Kernen und säuerlichem Geschmack.«

Dolores-Dolores: Säure! Säure tut so gut!!!

Sgt. Pain: Kein Wunder, daß er sich gleich wieder ans Predigen gemacht hat, kaum daß sie ihn laufenließen.

Ich klinkte mich sofort aus diesem Chat Room aus. Ich hatte ja keine Ahnung, daß unser Ordensgründer eine derartige Gefolgschaft besaß. Die Diskussion hatte mir zwar einen Schock versetzt, aber ich hatte mich selbst schon gelegentlich gewundert, wie der heilige Thad es fertigbrachte, immer wieder in peinvolle Situationen zu geraten.

Die Website des Vatikans bot keine Informationen über das Ufficio dell'Investigazione Interna, aber in einem mehrsprachigen Chat Room mit der Bezeichnung alt.rel.rc.-vatic.dish. fand ich doch etwas Interessantes. Da waren anscheinend lauter klatschsüchtige Insider des Vatikans versammelt. Soweit ich das verstand, ergingen sie sich in Spekulationen, wer wohl den Vertrag für die bevorstehende Renovierung von Castel Gandolfo[26] an Land ziehen würde. Nachdem sie zehn Minuten lang intensiv über die Restaurierung der Putti[27] im päpstlichen Frühstückszimmer debattiert hatte, klinkte ich mich ein. Unter meinem Chatnamen Hedgehog tippte ich:

Weiß jemand was über Msgr. Maraviglia?

Pause.

Pagliaccio: Chi lo vuole sapere?[28]

Hedgehog: Kannst du Englisch?

Pagliaccio: Na klar. Warum fragst du nach Monsignore Maraviglia?

Hedgehog: Reine Neugier. Hab schon viel von ihm gehört.

Pagliaccio: Der Monsignore ist auf Geschäftsreise im Ausland.

Hedgehog: Was für Geschäfte?

Pagliaccio: Maraviglia tut, was Kardinal Blutschpiller sagt.

---

[26] Die östlich von Rom gelegene Sommerresidenz des Papstes.

[27] Putten, d.h. Figuren kleiner nackter Knaben oder Kinder in der italienischen Kunst, vor allem als Deckenschmuck.

[28] Ital.: »Wer will das wissen?«

Callistus: Der Papst tut, was Kardinal Blutschpiller sagt.

Urbano: Der hatte sogar den Nerv, die Spesenabrechnung des Heiligen Vaters anzuzweifeln!

Hedgehog: Das soll wohl ein Scherz sein?

Urbano: Über Kardinal Blutschpiller macht man keine Scherze. Was glaubst du wohl, warum es bei der Renovierung von Castel Gandolfo keinen Whirlpool gibt? Der Leibarzt des Heiligen Vaters hat sogar ein Schreiben aufgesetzt, daß er ihn aus gesundheitlichen Gründen braucht.

Callistus: Weißt du noch, was er sagte, als er Kardinal Montpellier von Paris nach Kisangani versetzt hat?

Hedgehog: Nicht mehr so genau.

Urbano: Condonat Deus, non Blutschpiller.[29]

Hedgehog: Was gibt's denn in Kisangani?

Pagliaccio: Lepra.

Urbano: Und Malaria.

Hedgehog: Warum hat Blutschpiller sich Maraviglia als Bevollmächtigten ausgesucht?

Boniface: Er brauchte jemand, der sich in die Gedankengänge eines Verbrechers hineinversetzen kann. Bevor er Priester wurde, ist er ziemlich viel herumgekommen.

Hedgehog: Was hat er denn so getrieben?

Boniface: Was er wollte. Er stammt von den Mailänder Maraviglias, den Textilbaronen. Er war immer mit schönen Frauen zusammen in den Illustrierten abgebildet – Monte Carlo, Comer See, Positano, Paris, New York, Palm Beach. Dann war das Familienvermögen futsch. Der kaufmännische Direktor hat 26 Milliarden Lire[30] mitgehen lassen, und

---

[29] Lat.: »Gott vergibt, Blutschpiller nicht.«

[30] Etwa 15 Millionen Dollar oder 26 Millionen D-Mark

den Rest hat der Vater, Don Giancarlo, verspielt. Und so wurde der Playboy-Sohn zum Priester mit einem großen Haß auf jede Art von Korruption. Seine Strenge fiel dem Blutschpiller auf. Der Kardinal erkannte in dem jungen Mann die Seele eines Großinquisitors.

Da sagte eine sanfte Stimme hinter mir: »Recherchen für den Hedge Fund, Bruder?« Ich fuhr auf. Es war Philomena. Sie guckte mir über die Schulter auf den Monitor. Ich klinkte mich rasch aus.

»Ich hab dich gar nicht hereinkommen hören.«

»Du warst ja ganz in deinen Computer vertieft. Mit wem hast du da gesprochen?«

»Ich weiß es nicht genau. Irgendein Chat Room vom Vatikan. Jedenfalls haben die alle furchtbare Angst vor Blutschpiller. Selbst der Papst bekommt keinen Whirlpool, ohne sich vorher mit ihm ins Benehmen zu setzen. Und sein Handlanger Maraviglia teilt offenbar die Ansichten des Kardinals über Gnade und Vergebung.«

»Sein Handlanger? Das ist er wohl kaum.«

»Wie würdest du ihn denn nennen? Seinen Henkersmeister?«

»Ich nenne ihn Monsignore.«

»Ihr duzt euch noch nicht? Nachdem ihr so lange da zusammengehockt habt? Diese Revision nimmt allmählich merkwürdige Formen an.«

»Der Monsignore ist ein engagierter und frommer Mensch.«

»Yeah, der Heiligenschein ist mir auch schon aufgefallen. Der blendet einen geradezu.«

»Ich hätte gedacht, daß du einer so integren Persönlichkeit Respekt entgegenbringst.«

»Integer? Was du nicht sagst. Das wollen wir doch mal klarstellen. Du willst mir was über Integrität erzählen? Ich hab da so eine vage Erinnerung an eine abendliche Bergpredigt von einer gewissen Betriebswirtschaftlerin. Ich glaube, die Moral hieß: ›Hey, wenn's Spaß macht und Geld bringt, ist doch alles paletti!‹ Hat sich dir diese neuentdeckte Integrität vielleicht in einer Vision offenbart, während du in deinem katholischen Supermarkt da diese ›maßlos besch... enen‹ T-Shirts verhökert hast?«

Sie zuckte etwas zusammen. »Ist Überheblichkeit nicht auch eine Sünde? Was ist denn in dich gefahren?«

»Verzeih mir, wenn ich etwas erregt bin. Keine Ahnung, wieso. Die meisten Leute wären entzückt von der Aussicht, bis ans Ende des Lebens im Kongo Leprakranke zu pflegen.«

»Was redest du da?«

»So schließt Blutschpiller traditionsgemäß seine Revisionen ab. Und du sitzt da und hilfst ihm dabei.«

»Ich weiß, daß der Kardinal der Tradition verhaftet...«

»Der *Tradition*! In unserer Kirche gilt die Folter als ›Tradition‹. Aufs Rad geflochten werden gilt als ›Tradition‹. Daß einem die Fingernägel einzeln ausgerissen werden, gilt...«

»Ty, reg dich ab. Wir leben nicht im fünfzehnten Jahrhundert. Schau mal, Blutschpiller ist Blutschpiller. Aber Maraviglia ist anders. Glaubst du, es fällt ihm leicht, für den Kardinal zu arbeiten? Im Grunde ist er sehr sensibel. Ihm macht das auch keinen Spaß.«

»Ach«, sagte ich, »er hat dich also an seinen Seelenqualen teilhaben lassen? Und an was hat er dich sonst noch teilhaben lassen?«

Sie wurde rot. »Darum geht es also. Seit einem Jahr spielst du hier den edlen Mönch und pochst auf dein heiliges Keuschheitsgelübde. Und jetzt bist du eifersüchtig. Wie... erbärmlich.«

»Eifersüchtig? Ich will nur rausfinden, auf welcher Seite du eigentlich stehst.«

»Vielleicht will ich das selbst auch herausfinden.«

»Gewiß kennt sich der Monsignore in geistlichen Fragen viel besser aus als ich. Ich seh nur im Mondschein aus wie Richard Chamberlain. Er sieht auch bei Tageslicht so aus.«

Sie wirkte gekränkt, hatte sich aber rasch wieder gefaßt. »Ich habe keine Zeit, mich um zölibatäre, liebeskranke Mönche zu kümmern.« Sie stand auf. »Schreib' doch einen Brief an die Kummerkastentante von der Zeitung.«

Ich lauschte, wie ihre Absätze auf dem Marmorboden davonklapperten.

Noch am selben Tag berichtete ich in der Bibliothek dem Abt und den anderen Mönchen, was ich über Maraviglia erfahren hatte. Wir saßen da zur »persönlichen Weiterbildung«, einer Lesestunde, die der Abt an unseren regulären Tagesplan angehängt hatte, um Maraviglia zu imponieren. Er hatte angeordnet, daß wir uns mit großen, modrigen Wälzern von Thomas von Aquin, Beda und anderen Kirchenvätern an den Tisch setzten. Er selbst hatte sich einen lateinischen Bibelfolianten ausgesucht, der groß genug war, um jeden Chopra-Text zu verbergen, den er gerade las.

Der Abt hörte sich meinen Spionagebericht aufmerksam an. Die früheren Spannungen zwischen uns waren nun verschwunden, da wir es mit einem gemeinsamen Feind zu tun hatten.

»Es wundert mich nicht, daß er aus einer reichen Familie stammt«, sagte der Abt naserümpfend. »Bei Wein hat er auf jeden Fall einen ausgezeichneten Geschmack.«

»Was soll das heißen?« fragte ich.

»Er hat schon eine ganze Kiste Figeac verputzt.«

»Woher weißt du das?«

Der Abt zuckte die Schultern. »Irgend jemand muß doch den Keller kontrollieren, die Flaschen umdrehen ... wir können nicht plötzlich das gesamte Forschungs- und Entwicklungsprogramm abblasen.«

»Das ist ungemein verantwortungsbewußt von dir, Vater Abt.«

»Man darf guten Wein nicht einfach seinem Schicksal überlassen. Er muß gehegt und gepflegt werden. So ein Wein ist etwas Lebendiges. Er ist wie ein Kind. Er braucht bestimmte Bedingungen, eine bestimmte Luftfeuchtigkeit, Temperatur ...«

Bruder Bob blickte von dem Atlas auf, den er studierte.

»Hier steht, die Temperatur in Kisangani beträgt durchschnittlich 34 Grad – das heißt, in der kühlen Jahreszeit. Die Luftfeuchtigkeit scheint ziemlich konstant zu sein. Ist hundert Prozent Luftfeuchtigkeit gut für edlen Bordeaux?«

Die Miene des Abts verdüsterte sich. »Wo liegt eigentlich Kisangani?«

Bruder Bob zeigte es ihm gerade, als plötzlich Maraviglia ins Zimmer trat. Er bemerkte den Atlas, der bei der Landkarte von Äquatorialafrika aufgeschlagen war.

»In dem Teil der Welt gibt es so viel zu tun«, sagte er. »Soviel Leid, soviel Unbill. Wenn der heilige Thad heute lebte, wäre er genau dort.«

»Planen Sie in nächster Zukunft eine Reise auf den

schwarzen Erdteil?« fragte der Abt hoffnungsvoll hinter seiner Bibel hervor.

»Wenn das nur möglich wäre«, erwiderte Maraviglia mit seinem dünnen Lächeln. »Doch wer weiß, wie lange mich meine Arbeit hier noch aufhält.«

»Nur Gott allein«, entgegnete der Abt.

Maraviglia hielt ihm das Buch hin, das er mitgebracht hatte – *Das Robbins Power Prinzip* von Anthony Robbins. »Das habe ich auf einer Bank in der Kapelle gefunden«, sagte er. »Höchst interessant.« Er schlug es an zwei leeren Seiten auf, die überschrieben waren:

KRAFTSPENDENDE ÜBERZEUGUNGEN

KRAFTZEHRENDE ÜBERZEUGUNGEN

»Offenbar soll der Leser die Seiten selbst ausfüllen.«

Da mischte sich Bruder Gene ein, unser oberster Robbinist. »Das ist eine moderne Form der Buchmalerei. Die Übung hat unseren Mönchen sehr geholfen.«

Der Monsignore nickte. »Sagen Sie, wer ist dieser Anthony Robbins?«

»Kein geringerer als der bedeutendste Selbstmotivator des zwanzigsten Jahrhunderts«, sagte Bruder Gene. Das löste ein Schnauben von Bruder Theo aus, unserem führenden Experten für Stephen Covey, den Autor von *Die sieben Wege zur Effektivität*. Der anhaltende Streit zwischen Bruder Theo und Bruder Gene in dieser Sache hatte die Mönche in zwei Lager gespalten. Das ging soweit, daß die Coveyaner eine Zeitlang nicht mehr mit den Robbinisten sprachen und sich sogar weigerten, bei der Messe den rituellen Friedenkuß mit ihnen zu tauschen.

»Robbins?« Bruder Theo räusperte sich gewichtig. »Anthony Robbins, der auf glühenden Kohlen herumläuft wie ein indischer Fakir? Monsignore, das macht er auf seinen Seminaren tatsächlich, um den Leuten zu zeigen, daß sie alles können, wenn sie nur richtig wollen. Ob er das dem Präsidenten in Camp David auch vorgeführt hat, weiß ich nicht. Allerdings kann ich nur hoffen, daß unser Oberbefehlshaber sich nicht verleiten ließ, seinem Ratschlag im Fall von Depressionen zu folgen. Da sollen seine Jünger nämlich auf und ab hüpfen und dabei rufen: ›Halleluja! Heute stinken meine Füße nicht!‹«

Bruder Gene nahm seinen Guru in Schutz. »Die Videokassetten von Anthony Robbins haben eine Auflage von 24 Millionen erreicht. Vielleicht ist seine Technik etwas gefühlsbetont, aber bei vielen Leuten funktioniert das viel besser als der Pseudo-Rationalismus von Stephen R. Covey mit seiner ›Zeit-Management-Matrix‹ und seinen ›Pro-aktiven Prioritätenlisten‹.«

Während diese theologische Debatte tobte, zeigte Monsignore Maraviglia Anzeichen der Verstörung. Er ging an die Regale, die mittlerweile die wohl erlesenste Privatsammlung von Erstausgaben solcher Klassiker wie Benjamin Franklins *Poor Richard's Almanac* und Dale Carnegies *Wie man Freunde gewinnt* enthielten. Der Abt hatte, um diese Bibliothek zusammenzutragen, die Abteilung »Selbsthilfe« mehrerer großer Buchhandlungen leer gekauft. Der moderne Kanon enthielt Hunderte und Aberhunderte von Büchern – von *Trump: Die Kunst des Geschäftemachens* über *Wohlstand ohne Risiko* bis hin zu *Denke nach und werde reich.*

Mit gerunzelter Stirn betrachtete Maraviglia die Sammlung Chopra, die bei weitem die umfangreichste war. Er zog ein schmales, abgegriffenes Bändchen aus dem Regal. Ich erkannte es sofort: *Der kreative Weg zum Wohlstand,* die Urschrift des Abts.

»Sein Meisterwerk«, sagte der Abt. »Vielleicht nicht so systematisch wie *Die sieben geistigen Gesetze des Erfolgs,* aber bei weitem faßlicher.« Die Robbinisten am Tisch verdrehten die Augen.

Maraviglia schlug das Buch auf und las. »G steht für Geldausgeben... Geld ist wie Blut, es muß fließen.« Er schüttelte den Kopf. »Ich weiß nicht, ob ich das recht verstehe.«

»Willkommen im Club«, sagte Bruder Gene. »Wer klare Gedanken über das Geldausgeben lesen will, muß zu Robbins' Fünfpunkteprogramm greifen...«

»Also bitte«, schnaubte der Abt. »Hören Sie nicht auf ihn, Monsignore. Wer hohles Erfolgsbeschwörungsgeschwätz sucht, möge sich an Robbins wenden. Wer idiotische Diagramme mag, soll bei Covey nachschlagen. Und wer Ergebnisse sehen will, der muß Chopra lesen.«

Maraviglia bedachte den Abt mit einem strengen Blick. »Was für ›Ergebnisse‹ meinen Sie denn?«

»Si monumentum requiris, circumspice«[31], entgegnete der Abt. »Ohne Deepak Chopra gäbe es hier keinen Mount Kana, keine Pilger, keine Weinkellerei, von dem VIP-Zentrum für Innere Einkehr ganz zu schweigen, das Sie anscheinend so... wohnlich finden.«

Maraviglias Blick wurde stahlhart. »›Geld muß fließen wie Blut?‹ Wo genau ermuntert uns Unser Herr in der Heiligen Schrift denn zu extravaganten Geldausgaben? Kardi-

---

31 Die Grabinschrift von Christoper Wren, dem Erbauer der Londoner Sankt-Pauls-Kathedrale: »Wer Monumente sucht, möge um sich schauen.«

nal Blutschpiller würde sicher gerne hören, wie Sie Chopra mit der Kirche in Einklang bringen.«

Ich fürchtete, der Abt würde einer biblischen Debatte mit einem der obersten Stellvertreter des Papstes nicht gewachsen sein. Soweit ich wußte, hatte er sich schon seit Monaten nicht mehr die Mühe gemacht, etwas anderes als Bruder Mikes »Coverage« der Bibelstellen zu lesen. Doch das lieferte ihm jetzt Munition.

»Gewiß hat der Monsignore die Stelle nicht vergessen, die wir neulich in meiner Zelle diskutiert haben. Die Geschichte von dem verlorenen Sohn, den der Vater für seine großzügigen Geldausgaben belohnt.« Mit erhabener Miene wandte er sich an Bruder Bob. »Würdest du dem Monsignore bitte die genaue Stelle angeben?«

»Lukas 15,11–32«, sagte Bruder Bob. Die Mönche machten anerkennend Ooohh.

»Lukas 12,15«, konterte Maraviglia unverzüglich. In der nun eintretenden tödlichen Stille hörten wir, wie Bruder Bob im Neuen Testament zurückblätterte. Er las den Vers laut vor: »*Sehet zu und hütet euch vor aller Gier; denn niemand lebt davon, daß er viele Güter hat.*«

Der Abt runzelte die Stirn. Er mußte tief in seinem prädeepakianischen Gedächtnisspeicher graben.

»5. Mose ... acht ...« Na mach schon, mach, dachte ich. »Ja, 5. Mose 8, Vers 10.«

Bruder Bob blätterte wie wild. Er las: »*Und wenn du gegessen hast, und satt bist, sollst du den Herrn, deinen Gott, loben für das gute Land, das er dir gegeben hat.*«

Die Mönche brachen in aufgeregtes Gemurmel aus.

»Timotheus 6,6–10«, sagte Maraviglia. »Schach und – wenn ich mich nicht täusche, Vater Abt – matt.«

Bruder Bob las trübsinnig die angegebene Stelle vor. *»Denn die da reich werden wollen, die fallen in Versuchung und Stricke und viel törichte und schädliche Lüste, welche versenken die Menschen ins Verderben und Verdammnis.«*

Plötzlich wurde es drückend heiß in dem Raum, etwa so wie in Kisangani. Flehend sahen wir den Abt an. Der Schweiß lief ihm die Schläfen hinunter.

Maraviglia drehte sich um. Er ging zum Bücherschrank und schob den *Kreativen Weg zum Wohlstand* zwischen die anderen Bände. Dann schickte er sich an, den Raum zu verlassen. Als er eben durch die Tür verschwand, ließ ihn die Stimme des Abts wie angewurzelt stehenbleiben.

»Prediger 6,1–2.« Der Abt lächelte den Monsignore an. Der Monsignore lächelte nicht zurück.

Es schien eine Ewigkeit zu dauern, bis Bruder Bob die Stelle vorlas: *»Es ist ein Unglück, das ich sah unter der Sonne, und es ist gemein bei den Menschen: einer, dem Gott Reichtum, Güter und Ehre gegeben hat, und mangelt ihm keins, das sein Herz begehrt; und Gott gibt doch ihm nicht Macht, es zu genießen, sondern ein …«* – bei den nächsten Worten blickte Bruder Bob auf und schaute Maraviglia an – *»ein fremder Mann genießt es …«*

Der Abt führte die Stelle zu Ende. *»… das ist eitel und ein böses Übel.«*

Marviglia sah uns an. Einen Moment lang meinte ich, er würde uns auf der Stelle exkommunizieren. Doch dann sahen wir das dünne Lächeln.

»Bravo, Vater Abt«, sagte er. »Ich werde heute abend auf Ihr Wohl trinken.« Er machte eine Kunstpause. »Mit einem 61er Château Petrus.«

»Nicht mit dem Pe...«, fing der Abt an, doch Maraviglia war bereits zur Tür hinaus.

Sobald er außer Hörweite war, klatschten wir dem Abt laut Beifall.

Was Chopra anging, hatte ich immer noch meine Bedenken, aber eins mußte ich dem Abt lassen. Es gab zweifellos Parallelen zwischen Deepak und dem Prediger Salomo. In dem Moment begriff ich dort in der Bibliothek das Fünfte Gesetz des geistigen und finanziellen Wachstums:

V.

GELD MACHT NUR GLÜCKLICH,
WENN MAN ES AUSGIBT.

Marktmeditation Nummer Fünf

Hat es dich je glücklich gemacht, daß du etwas Schönes *nicht* gekauft hast?
Hast du jemals irgendwo ein prachtvolles teures Auto ausgestellt gesehen und dir gesagt: »Was für eine Geldverschwendung, wenn ich mir das kaufen würde!«?
Heißt das nicht in Wirklichkeit: »Ich bin dieses Auto nicht wert«?
Meint Gott, daß dieses Auto zu gut für dich ist?
Meinst du, Gott fährt mit einem Corolla Baujahr '78 in der Gegend rum?
Wie lange ist es her, daß du das Geld mit vollen Händen ausgegeben und dir etwas Schönes gegönnt hast?
Was hindert dich daran, es auf der Stelle zu tun?
»Mangelndes Kapital?«

Hast du noch nie den alten Spruch gehört: »Wer Geld *verdienen* will, muß erst mal Geld *ausgeben*«?

Deine Fragen sind einfach umwerfend. Du machst erstaunliche Fortschritte. Jetzt such' mal alle Kreditkartenbelege der letzten Zeit zusammen. (Falte *keinen* Papierflieger daraus!) Sieh dir jeden einzelnen Kauf an und frage dich: »Hat mich dieser Kauf glücklich gemacht? Oder hat er mich *wahrhaft* glücklich gemacht?« Dann leg' zwei Häufchen an: »GLÜCKLICH« und »WAHRHAFT GLÜCKLICH«. Nimm einen Stift, einen Taschenrechner und ein Blatt Papier. (*Wichtig!* Nimm *nicht* den Papierflieger dafür!) Okay. Nun rechne die Gesamtsumme aller Käufe von beiden Häufchen aus. Fertig? Laß dir nur Zeit... Teile die Summe jeweils durch die Zahl der Belege in dem Häufchen, um so den Durchschnittspreis pro Stück zu berechnen. Deine beiden Häufchen könnten etwa so aussehen:

GLÜCKLICH	WAHRHAFT GLÜCKLICH
$32 Elektrische Nasenhaarklipette	$412 Nerzbesetzter Toilettensitzbezug
$26 Stange Zigaretten	$1330 Diamantanhänger mit Tierkreiszeichen
$72 Pistole (tschechisches Produkt, Kaliber .22)	$2 750 000 Kabinenkreuzer (mit Turbolader)
Summe $130	Summe $2 751 742

Okay, und jetzt teilst du die Summe beider Häufchen jeweils durch die Anzahl der Belege in dem Häufchen und kommst so zu dem Durchschnittspreis pro Sück™. Rechne alles noch einmal in Ruhe nach. Bei dem oben angeführten Beispiel beträgt der DPPS™ für das »GLÜCKLICH«-Häufchen $43,33. Der DPPS™ für das »WAHRHAFT GLÜCKLICH«-Häufchen hingegen beträgt $917 247,33. Deine Zahlen sehen vielleicht anders aus – das macht aber nichts. Mittlerweile hast du nämlich einen *wesentlichen Unterschied zwischen den beiden Häufchen* erkannt: »WAHRHAFT GLÜCKLICH« kostet erheblich mehr als »GLÜCKLICH«. Sollte das nicht der Fall sein, rechne das Ganze noch einmal nach, oder ruf' die Kreditkartenstelle an und kündige umgehend deine Karte!

Geht jetzt alles auf? Das kann man wohl sagen. Es handelt sich hier um die Erste Ableitung aus dem Fünften Gesetz: Je mehr Geld du ausgibst, desto glücklicher wirst du.

Gebet des fröhlichen Verschwenders

Himmlischer Vater, der Du alle geschäftlichen Transaktionen abwickelst, mach, daß meine Kreditkartenverfügungen rasch genehmigt werden, wie dürftig mein Kontostand auch sein mag. Laß mich mein Kapital nicht horten hier auf Erden noch meine Brieftasche unter den Scheffel stellen. Und halte die fremden Männer fern von meiner Tür, auf daß sie nicht an Reichtümern teilhaben, die ich lieber für mich ausgeben will. Laß mich sein wie der verlorene Sohn, der seines Vaters Geld großzügig unter die Leute brachte, das Leben in vollen Zügen genoß und sich vor Knauserigkeit und ehrlicher Arbeit hütete, und wenn der Tag sich neigt und alles Geld ausgegeben ist und tobende Gläubiger mich durch die Straßen hetzen, dann nimm mich mit offenen Armen wieder in Deinem Hause auf.

Das sechste Kapitel

Ein glückloser Pilgersmann
Der Monsignore entspannt sich
Ein Gespenst namens Sebastian
Es rumort in Rom
Eine furchtbare Überraschung

Der nächste Monat brachte eine Unbill nach der anderen. Der *Wine Spectator,* ein maßgebliches amerikanisches Weinmagazin, gab dem Himmlischen Abtströpfchen 72 von 100 möglichen Punkten. Der Kritiker vermerkte den »für einen Cabernet aus dem Staate New York ungewöhnlich hohen Preis« und beschrieb den Geschmack als eine Mischung von »Brombeere, Avocado und überreifen Bananen – keine himmlische Kombination«. Frank Prial von der *New York Times* wunderte sich gleichfalls über den »himmelhohen Preis« und befand, der Wein erinnere »auf seltsame Weise an einen robusten Tafelwein aus dem chilenischen Maipo Valley«. (Mit chilenischen Weinen kannte Prial sich jedenfalls aus.) Die Bestellungen für das Himmlische Abtströpfchen gingen drastisch zurück und nahmen weiter ab, selbst als wir den Preis reduzierten.

Und dann ereignete sich da dieser Unfall. Bruder Jerome führte mit einer Pilgergruppe – die Ritter des Columbus aus Buffalo, New York – eine Weinprobe durch und verkündete irgendwann zwischen dem fünften und sechsten Glas: »Wein führt uns näher zu Gott!« Ein berauschter Ritter nahm diese Bemerkung offenbar wörtlich. Er machte sich davon und erklomm den noch unvollendeten Erlebnispfad über den Hang des Mount Kana. Er kam bis an den Schrein des heiligen Thad, wo er aus unerklärlichen Gründen über das Geländer in den Abgrund des Dorngebüschs stürzte und dort eine halbe Stunde lang eine unfreiwillige Kasteiung erlitt, bevor sein Geschrei erhört wurde. In dem Gerichtsprozeß – Streitwert zwanzig Millionen Dollar – kamen die mit 78 Stichen genähten Wunden des Klägers ebenso zur Sprache wie seine »durch mittelalterliche Foltermethoden bedingte seelische Pein«. Etliche große Pilgergruppen stornierten ihre Tour, nachdem in der Zeitung von Buffalo die Schlagzeile ALPTRAUM EINES RITTERS AUF WEINGUT ZU KANA geprangt hatte.

Wir hatten auf Einnahmen aus der Kan-a-Kade-Rutschbahn gesetzt, die rechtzeitig zur Sommersaison eröffnet werden sollte, doch wurden bei dem Projekt die Fristen ebenso überzogen wie das Budget. Elliott hatte Probleme. Aus dem riesigen Maßkrug am Gipfel leckte andauernd rote Farbe in die Anlage zur Herstellung von Gipfelschnee. Infolgedessen sah Mount Kana eher aus wie eine halbgeschmolzene Kirscheisbombe als wie ein majestätischer Alpengipfel. »Für Alpen«, meinte Elliott, »nimmt man im Prinzip Weiß.«

Auf meinem Schreibtisch stapelten sich die Rechnungen von Anwälten, Bauunternehmen und chilenischen Weinlieferanten. Eines Nachmittags ging ich zu Monsignore Maraviglia, der die Aufsicht über unsere Konten übernommen hatte, um unsere Finanzprobleme mit ihm zu besprechen.

Als ich die Vorstandsetage betrat, fand ich den Monsignore zu meinem Erstaunen vor dem Fernseher und auf dem Tisch eine offene Flasche eines edlen Château Rothschild. Auf der großen Leinwand flimmerte ein Fußballspiel. Ich räusperte mich, um mich bemerkbar zu machen. Er bedachte mich mit einem flüchtigen Blick und bedeutete mir, Platz zu nehmen.

»Im allgemeinen mache ich nicht so früh Feierabend«, sagte er, ohne den Blick von der Leinwand zu wenden, »aber heute ist ein besonderer Tag. Meine Mannschaft, der AC Milano, spielt gegen Stuttgart.«

Ich versuchte das Ungeheuerliche der Tatsache zu erfassen, daß Mailand gegen Stuttgart spielte. »Stuttgart?« fragte ich.

»Die Mannschaft des Kardinals«, flüsterte er. »Und wir liegen mit einem Tor in Führung.« Nie hatte ich ihn so vergnügt gesehen. Er ließ mir einen laufenden Kommentar zu der Großartigkeit jedes einzelnen Mailänder Spielers angedeihen. Als das Stuttgarter Stürmer-As Willi Becker nach einer bösen Blutgrätsche vom Feld getragen wurde, wußte sich Maraviglia vor Freude kaum zu lassen.

»Jetzt ist Blutschpiller bestimmt am Boden zerstört«, rief er aufgeregt aus. »Becker ist sein Lieblingsspieler. Darauf müssen wir trinken!«

Ehe ich noch widersprechen konnte, hatte er ein zweites Glas geholt und eingeschenkt. Er reichte es mir und stieß mit mir an. »Auf den Sieg über Deutschland!«

Ich wollte eigentlich nicht trinken, fand es aber aus diplomatischen Gründen geraten, mit dem Monsignore gemeinsam zu feiern. Ich nahm ein Schlückchen. Es schmeckte köstlich. Maraviglia trank sein Glas in einem Zug aus und schenkte sich neu ein, wobei er die Flasche leerte. Es war noch nicht drei Uhr nachmittags. Kein Wunder, daß er so entspannt war.

»Schauen Sie sich im Vatikan mit dem Kardinal zusammen Fußball an?« fragte ich.

»Bravo, Mario!« brüllte er zur Leinwand hin. »Ja, manchmal.«

»Das ist bestimmt nett.«

»Nicht, wenn seine Mannschaft verliert. Wenn er unglücklich ist, dann ist man besser nicht da. Heute ist es ein Glück, daß der Atlantische Ozean zwischen uns liegt.« Er trank einen Schluck Wein. »In Wahrheit«, sagte er in einem Anflug von Leichtfertigkeit, »gibt es viele Tage, wo es ein Glück ist, wenn ein Ozean zwischen uns liegt.«

Ich machte mir nichts aus Fußball, aber jetzt wurde es langsam interessant. Ich trank noch ein Schlückchen, um ihm Gesellschaft zu leisten. »Ich kann mir vorstellen, daß es nicht leicht ist, für den Kardinal zu arbeiten.«

»Leicht? Ha!« Er merkte, daß die Flasche leer war, stand auf und verschwand auf der Treppe zum Weinkeller des Abts. Kurz darauf kehrte er mit einer weiteren Flasche 150-Dollar-Rothschild zurück. Irgendwo weinte der Abt.

»Weißt du, Bruder Ty, inzwischen habe ich die Abgeschiedenheit eures klösterlichen Lebens schätzengelernt. Es ist so schön ruhig hier. Um die Wahrheit zu sagen, ich habe es nicht besonders eilig, in den Vatikan mit seinem Streß zurückzukehren. Es gefällt mir hier bei euch.«

Während er an der Anrichte die neue Flasche dekantierte, erblickte ich eine wohlbekannte Kassette neben dem Videorecorder.

»Haben Sie sich die *Dornenvögel* angeschaut?« fragte ich.

»Wir sind gerade bei der Stelle, wo der Priester das Geld der alten Dame bekommt.« Er kehrte mit der Karaffe zur Couch zurück. »Ich möchte dir eine Frage stellen. Meinst du, ich habe Ähnlichkeit mit dem Schauspieler Richard Chamberlain?«

»Da bin ich wirklich überfragt. Angeblich sehe ich ihm selbst ähnlich.«

Maraviglia betrachtete mich ein Weilchen. »Nein«, sagte er. »Davon sehe ich nichts.«

»Nun ja«, gab ich etwas verkrampft zurück, »eigentlich bin ich nicht hier, um über Richard Chamberlain zu reden. Auf unserem Girokonto ist nichts mehr. Wenn wir die Rechnungen bezahlen wollen, müssen wir unsere Rücklagen angreifen. Wir brauchen etwa ...«

»*Fermatelo! Fermatelo! No! No! Nooo!*«[32]

Ich sah auf die Leinwand. Stuttgart hatte ein Tor geschossen. Maraviglia sank auf dem Ledersofa zusammen. Jetzt stand es unentschieden, und das wenige Minuten vor Spielende. In den letzten Sekunden entschied Stuttgart das Spiel nach einem Eckstoß für sich. Maraviglia knallte sein Weinglas mit solcher Wucht auf den Tisch, daß der Stiel abbrach.

»*Porca miseria! Li mortacci tua!*«[33]

Ich wußte ja, daß Fußball in Europa eine ernste Angelegenheit ist, aber die Erschütterung des Monsignore schien mir etwas übertrieben. Mir kam der Verdacht, daß das weniger mit Fußball zu tun hatte als mit seinem Verhältnis zu Blutschpiller.

»Vielleicht«, sagte ich und stand auf, »ist jetzt nicht der rechte Moment, um über Finanzen zu reden.«

Maraviglia schien peinlich berührt. In sachlichem Ton

---

[32] Ital.: »Aufhalten! Aufhalten! Nein! Nein! Neeiiin!«

[33] Ital., wörtl.: »Elendes Schwein! Möge deine gesamte Verwandtschaft verrecken!«

sagte er: »Nein, es paßt jetzt sehr gut. Du sagst, du brauchst mehr Geld?«

»Ja. Um Rechnungen zu bezahlen.«

»Ich kann es nicht gutheißen, wenn die Rücklagen angegriffen werden. Wenn du Geld brauchst, mußt du es anderswo auftreiben.« Er erhob sich zum Zeichen, daß das Gespräch beendet war. »Wie ich höre, hast du ein großes Talent, Geld aufzutreiben, Bruder Ty.«

Ich stürzte fort ins Pilgerzentrum, um Philomena zu suchen. Da ich durch den Rothschild etwas wackelig auf den Beinen war, rannte ich gegen ein Kind, das mit seiner Familie an der Kasse stand und gerade eine batteriegetriebene Action-Figur namens »Expiator 2« kaufen wollte. Das Spielzeug fiel rasselnd zu Boden und schaltete sich selbst ein. Der Plastik-Sankt-Thad rutschte auf den Knien herum und schlug sich mit dem rechten Arm an die Brust, während die Stimme vom Band unablässig rief: *»Mea culpa! Mea culpa! Mea maxima culpa!«*[34]

»Mea culpa!« sagte ich zu dem Jungen und bückte mich, um sein Spielzeug aufzuheben. Irgendwie verlor ich die Balance und fiel vornüber, wobei ich dem heiligen Thad mit dem Knie den Kopf zermalmte. Peinlicherweise mußte der Vater des Jungen mir auf die Beine helfen, während er seinen hysterischen Sohn tröstete. Der kopflose Torso des heiligen Thad rief immer noch »meameameamea ...«

»Er hat dem Sankt Thad den Kopf abgehackt!« brüllte das Kind.

---

[34] Ein Zitat aus der lateinischen Messe mit der Bedeutung: »Meine Schuld, meine Schuld, meine allerhöchste Schuld.«

»Ist ja gut, ist ja gut«, sagte der Vater. »Wir besorgen dir einen neuen.«

»Das geht auf Kosten des Hauses«, stöhnte ich und rieb mir das Knie. Zu dem Kind sagte ich: »Weißt du, so ist der richtige Sankt Thad auch zu Tode gekommen.«

»Jemand ist auf ihn draufgetreten?« fragte der Junge.

Ich wies Bruder Bill an der Kasse an, ihm einen Expiator 2 gratis zu geben. Dann humpelte ich nach oben in Philomenas Suite.

»Was ist denn mit dir los?« fragte sie.

»Eine von deinen Action-Figuren ist auf mich losgegangen. Darf ich mich setzen?«

Sie kam um den Schreibtisch herum und führte mich zu einem Stuhl. Dabei hat sie wohl meinen Atem gerochen.

»Ty. Hast du wieder getrunken? Am hellichten Nachmittag?«

»Ich war mit Monsignore zusammen.«

»Alles in Ordnung?« fragte sie besorgt. »Ist was passiert?«

»Ja«, sagte ich.

»Was denn?«

»Stuttgart hat gewonnen.«

Sie sah mich an. »Wovon redest du?«

»Wir haben zusammen Fernsehen geguckt. Nur wir beide – wir drei, wenn du Baron Rothschild mitrechnest. Sehr gemütlich, auch wenn wir nur Fußball gesehen haben. Wir sind nicht dazu gekommen, uns die *Dornenvögel* einzulegen. Aber die spart er sich wohl für jemand anders auf«, sagte ich. »Für jemand, der ihm erzählt, wie sehr er Richard Chamberlain ähnlich sieht.«

»Also wirklich, Ty.«

»Der Vergleich hat ihn offenbar gefreut.«

»Ja verdammt noch mal – er sieht ihm *wirklich* ähnlich. Ich kann doch nichts dafür.«

»Verstehe. Du warst nur ehrlich zu ihm. Hilfst ihm bei der Revision. Gehört ja zu deinen treuschändischen – treuhändchen ... Pflichten. *O Monsignore mio! Hab ich Ihnen in den letzten zehn Minuten schon erzählt, wie sehr Sie Richard Chamberlain ähnlich sehen?*«

»Okay, wir haben uns also einmal zusammen die *Dornenvögel* angesehen. Was ist denn dabei? Wir waren erschöpft. Wir hatten uns gerade zehn Stunden lang am Computer Zahlenkolonnen angeguckt. Blutschpiller hat dreimal angerufen und ihn angebrüllt. Ich habe es durchs ganze Zimmer gehört. Kannst du dir vorstellen, unter welchem Streß er steht? Sein Chef ist ein wahrer Höllenhund.«

»Und du reißt dir sämtliche Beine aus, um denen behilflich zu sein. Du bist jetzt auch in der Blutschpiller-Crew. Trägst das Beweismaterial zusammen, das uns in den Kongo schickt. Hast du denn gar kein schlechtes Gewissen? Schließlich war dieser Kundenfang zum größten Teil deine Idee. Das Wunder zu Kana! ›Maßlos besch ... ene‹ T-Shirts! Märtyrer-Action-Spielzeug!« Mein Knie pochte.

»Vielleicht habe ich Fehler gemacht. Manche Veränderungen hier haben nicht gerade zum Ruhme Gottes beigetragen. Diese ganze Jagd nach dem allmächtigen Dollar ... ich habe in letzter Zeit viel darüber nachgedacht. Die Arbeit mit Ray hat mich ...«

»Ray? Wer ist Ray?«

Philomena errötete. »Mit dem Monsignore, wollte ich sagen.«

»Ach, *der* Ray. Raffaello Chamberlain. Natürlich.«

»Ty, kannst du dich nicht ein bißchen zusammennehmen?«

»Tut mir leid. Ich hab einfach nicht dein Talent zum Lavieren. Aber ich hab ja schließlich auch ein Keuschheitsgelübde abgelegt.«

»Ich habe zu tun«, sagte sie und stand auf. »Ich muß mir keinen betrunkenen Mönch anhören.«

Unter Schmerzen stemmte ich mich aus dem Stuhl hoch und humpelte zur Tür. Dabei suchte ich krampfhaft nach einer spitzen Abschiedsbemerkung, geistreich und sarkastisch wie die besten Sprüche von Oscar Wilde. Als ich an der Tür war, drehte ich mich mit schwungvoller Gebärde um.

»Ach, leck' mich doch am Maß.«

Ein paar Tage später berief der Abt mich, Philomena und unseren Regisseur Brent zu einer Besprechung ein. Zu viert wurde es ein wenig eng in seiner Zelle. Brent war ganz hingerissen von dem Stroh. »Bist du auf dem Gesundheitstrip?« fragte er.

»Nein«, sagte der Abt. »Ich bin auf dem Armutstrip.«

»Ich dachte, das hättet ihr hinter euch.«

»Genau darüber wollten wir jetzt reden. Die Aufträge gehen zurück, die Ausgaben steigen. Wir müssen für einen gewissen Einnahmefluß sorgen. Wir brauchen neue Ideen. Wir müssen das Wunder nach Kana zurückholen.«

Philomena ergriff als erste das Wort. »Monsignore meint, wir sollten in erster Linie einmal besseren Wein erzeugen.«

Der Abt und ich verdrehten die Augen. Der Abt fragte: »Wieso? Hat er unseren Bordeaux schon ganz ausgetrunken?«

»Quod metes severis«, sagte sie.

»Ein umwerfender Film«, meinte Brent. »Ustinov als Nero war einsame Spitze.«

»Das ist *Quo Vadis*«, entgegnete Philomena.

»In Latein ist Philomena zur Zeit äußerst fit«, sagte ich. »Sie bekommt Privatstunden.«

»Das heißt ›Wie die Saat, so die Ernte‹«, fuhr sie fort, ohne mich zu beachten. »Damit will Monsignore sagen, wenn wir guten Wein machen, müssen wir uns über das Marketing nicht den Kopf zerbrechen.«

Ein betretenes Schweigen breitete sich in dem Raum aus.

»Das sollte man durchaus bedenken«, sagte sie.

»Okay«, sagte der Abt. »Jetzt haben wir es also bedacht und können uns nunmehr mit der Abwehr des Pleitegeiers befassen. Brent?«

»Wir könnten noch einen herkömmlichen Werbespot machen. Wunder Numero zwei – neu, größer und besser. Aber ich hab so das Gefühl, wir haben hier ein Problem mit der Qualitätskontrolle. Wir müssen uns doch fragen – wer soll uns das abkaufen? Machen wir uns nichts vor, die knallharten Weinkenner kriegen wir nie. Die lesen die Kritiken, die wissen, daß da Beschiß dabei ist. Nichts für ungut.«

»Es ist absolut trinkbarer chilenischer Tafelwein«, sagte der Abt.

»Exakt, also müssen wir die Leute finden, die sich damit zufriedengeben. Wir reden hier nicht von hochgebildeten Intellektuellen, stimmt's? Und das ist auch ganz gut so. Je weniger sie wissen, desto besser. Wenn sie nicht mal das Etikett lesen können, ja super – dann kommen wir auf dem Markt groß raus.«

»Blöde, mit anderen Worten«, sagte der Abt.

»Da haben wir ja unseren neuen Slogan«, warf Philomena ein. »Kana, der richtige Wein, wenn Ihre Gäste so blöde sind, daß sie sowieso nichts schnallen.«

»Exakt«, meinte Brent. »Und da ist kein herkömmlicher Werbespot angesagt, da muß ein sogenanntes Infomercial her. Die teuren Spots in *Meine Lieder – meine Träume* kannst du vergessen. Im Kabel-Nachtprogramm kriegst du eine komplette halbe Stunde für einen Bruchteil des Geldes.«

»Ist das der kosteneffektive Weg, um an die Blöden ranzukommen?« fragte ich.

»Exakt«, sagte Brent. »Ich weiß, es ist schwer zu glauben, daß das tatsächlich funktioniert. Ich hatte auch meine Zweifel, bis ich das Ricardo-Montalban-Infomercial über Fátima gemacht hab.« Er wandte sich an den Abt. »Hast du das gesehen?«

»Leider nein«, sagte der Abt. Ich wußte nicht recht, ob er es andernfalls zugegeben hätte.

»Zuerst dachte ich, na herrlich, hier haben wir rein gar nichts – ich meine, *nada* – in der Hand. Wir haben einen Schrein irgendwo in Portugal, und ein paar Kids sagen, sie hätten da vor langer Zeit mal die Jungfrau Maria gesehen. Wir haben ein paar Geschichten von wundersamen Heilungen und von Lichtern, die am Himmel herumgeistern, und das eigentlich nur, weil diese Bauern da zu lange in die Sonne geguckt haben. Und als Moderator geben sie mir einen abgehalfterten Schauspieler, der seinen letzten großen Auftritt in einer Autowerbung hatte, wo er auf den todschicken Lederpolstern von dem Schlitten einen Orgasmus kriegt. Ich denk' mir noch, das haut nie hin. Hat es aber.«

»Was schlägst du für Kana vor?« fragte Philomena.
»Ich dachte an Sally Field.«
»Die fliegende Nonne? Das kann nicht dein Ernst sein.«
»Wieso nicht? Stell dir vor, sie trinkt einen großen Schluck Wein und sagt: ›Das schmeckt euch! Das schmeckt euch garantiert!‹«
»Nur mal angenommen, du kriegst tatsächlich Sally Field – es wird ihnen trotzdem nicht schmecken«, sagte Philomena. »Mit Marketing allein ist es nicht getan. Letztendlich muß ihnen der Wein schmecken.«
Der Abt faßte Philomena am Arm. »Fehlt dir was?«

Sally Field haben wir natürlich nicht gekriegt, dafür aber Hugh O'Toole. Er war dreißig Jahre zuvor auf dem Höhepunkt seiner Karriere angelangt; damals spielte er die Hauptrolle in *Holy Ghost!* – der Fernsehserie über den Gemeindepfarrer, in dessen Beichtstuhl ein mutwilliges Gespenst namens Sebastian herumspukt, das ein Wunder nach dem anderen inszeniert, um dem Pfarrer aus der Patsche zu helfen, ihn aber meistens erst recht in Schwierigkeiten bringt. (Den permanent wütenden Bischof spielte Fred MacMurray.)
Die Dreharbeiten dauerten eine Woche. Für die erste Szene baute Brents Crew eine Nachbildung des Beichtstuhls aus *Holy Ghost!*. O'Toole hatte etwas Mühe, sich da hineinzuzwängen, da er einiges an Gewicht zugenommen hatte. Doch als er dann drinnen saß und durch die Trennwand einer Stimme vom Band lauschte, fand er sofort wieder in die alte Rolle hinein.
»Segne mich, Vater, denn ich habe den besten Wein gefunden, den es je gab«, sagte die vertraute Piepsstimme des Gespensts Sebastian. »Körperreich, vollmundig, würzig

und doch wohlschmeckend, fruchtig und doch erlesen, von heiligen Händen erzeugt und zu einem himmlischen Preis im Angebot.«

»Sebastian!« zischte O'Toole. »Wie oft hab ich dir schon gesagt, du sollst dich aus dem Beichtstuhl raushalten?«

»Aber Vater, diesen Wein mußt du einfach probieren!«

»*Aber nicht im Beichtstuhl!*« Daraufhin ließen zwei Techniker eine Flasche Kana und ein Weinglas an Angelschnüren vor dem Priester herab. Beim Anblick der schwebenden Gegenstände machte O'Toole sein charakteristisches verdutztes Gesicht und stieß seinen typischen Klageschrei aus: »Bitte, Sebastian – keine Wunder mehr!«

O'Toole haschte nach der Flasche, die sich durch die Lüfte davonmachte. Er folgte ihr aus dem Beichtstuhl heraus und gelangte so an die Pforte von Kana. Die Flasche klopfte an die Pforte, die von einem strahlenden Abt geöffnet wurde. Fröhlich führte er O'Toole durch die Weinkellerei, wobei er das Vip-Zentrum für Innere Einkehr dezent überging. O'Toole tat, als käme er aus dem Staunen nicht heraus, während der Abt solch bohrende Fragen beantwortete wie zum Beispiel: »Wie schaffen Sie es nur, daß der Wein so himmlisch schmeckt?«

»Dreierlei – harte Arbeit, gute Trauben und ein ganz besonderes Tröpfchen eines Elixiers, das wir hier in Kana entwickelt haben.« Er deutete auf die Maschine, die in jede Flasche auf dem Fließband einen Tropfen echten Kana-Weins abgab.

»Was ist das?« fragte O'Toole.

»Tja«, erwiderte der Abt mit engelhaftem Augenzwinkern, »sagen wir mal, es ist ein geheimer Zusatzstoff, den wir … Liebe nennen.«

Ich wußte nicht recht, ob es gut war, diesen speziellen Aspekt unseres Betriebs so herauszustellen. Von der eventuell peinlichen Wirkung abgesehen – ich stellte mir die Schlagzeile vor: ›GEHEIMER ZUSATZSTOFF‹ DER MÖNCHE: SCHLECHTER WEIN –, konnte das womöglich die Aufmerksamkeit unserer alten Freunde vom Bundesamt für Alkohol, Tabak und Schußwaffen erregen. Das Gerede von »geheimen Zusatzstoffen« könnte uns als Behauptung einer gesundheitsfördernden Wirkung ausgelegt werden, und das wäre ein gravierender Verstoß gegen die Bundesgesetze. Ich wies den Abt und Brent auf dieses Problem hin.

»Um das BATF mach' dir mal keine Sorgen«, meinte der Abt. »Die würden es nie wagen, wegen so einer lächerlichen Kleinigkeit eine Gemeinschaft armer Mönche zu verfolgen. Ich hab dem Beamten damals eine Heidenangst eingejagt.«

»Mir kam er nicht sonderlich ängstlich vor«, sagte ich.

Der Abt bedachte mich mit einem strengen Blick. »Bruder, mußt du dich nicht um deinen Hedge Fund kümmern? Im letzten Quartal ließ die Performance einiges zu wünschen übrig.«

Das war eindeutig mein Stichwort, mich zurückzuziehen. Die nächsten zwei Wochen verbrachte ich damit, brav auf den Computermonitor zu starren und mich aufzuregen über den Verfall des Dollars gegenüber der Deutschen Mark. Nach dem Abendessen kursierten im Calefactorium regelmäßig Gerüchte über die Dreharbeiten: am Fuße des Mount Kana würde eine neue Grotte gebaut, zwischen Philomena und Brent gebe es hitzige Wortgefechte. »Du kannst dankbar sein, daß du diesmal nichts damit zu tun hast«, meinte Bruder Bob eines Abends. »Was da abläuft, nennt man gemeinhin wohl ›tiefgreifende künstlerische Divergenzen‹.«

Wir mußten bis ein Uhr nachts aufbleiben, um das Debüt des Infomercials mitzuerleben. Ich war müde und nickte beinahe ein, während der Abt Hugh O'Toole durch den Betrieb führte, doch als sie an einem größeren Berg von Krücken vorbeikamen, richtete ich mich kerzengerade auf.

»Was ist das?« flüsterte ich Brent zu, der neben mir saß.

»Krücken«, sagte er.

»Das weiß ich auch. Was machen die da?«

»Das ist einfach ein visuelles Kürzel für den Begriff ›Schrein‹. Da soll man an Lourdes und Fátima denken.«

»Wieso?«

»Warte nur ab. Die nächste Szene wird dich zu Tränen rühren.«

Am Fuße des Mount Kana blieben der Abt und O'Toole bei der Grotte stehen, die Brents Requisiteure aufgebaut hatten. Mitten im Teich steckte eine große Flasche Kana, aus der Rotwein sprudelte. Ein Häuflein Pilger stand bereit, füllte die mitgebrachten Weingläser und murmelte dabei vor sich hin.

»Großartiges Bukett!«

»Ich fühl' mich zehn Jahre jünger!«

»Ein samtiger Abgang!«

»Ich hab zehn Pfund abgenommen!«

»Das begreif' ich nicht – wie kann man so einen edlen Tropfen für nicht mal zehn Dollar verkaufen?«

»Ich kann wieder gehen!«

Der Abt und O'Toole blieben stehen und hielten ein Schwätzchen mit einer jungen Frau namens Brenda, die ihre Krücken auf den Haufen geworfen hatte. Sie erklärte munter, sie habe sich mit Selbstmordabsichten getragen, bis sie durch einen Freund von dem Kana-Wein erfuhr; der

Freund hatte das Augenlicht wiedererlangt, nachdem er eine Kiste davon getrunken hatte.

»Das ist ja wunderbar!« sagte O'Toole zu dem Mädchen und nahm von einem Mönch, der mit einem Tablett voller Hors d'œuvres herumging, ein Stück Lachs im Blätterteig entgegen. Dann fragte er den Abt ganz ernst: »Vater Abt, sagen Sie, wie konnte der Wein all diese Leute heilen?«

»Also, Hugh«, antwortete der Abt, »nach unserem Selbstverständnis üben wir hier in Kana kein Heilgewerbe aus. Wir wollen nur einen großartigen Wein zu einem großartigen Preis machen. Wunder, wie Brenda und diese anderen Leute sie erlebt haben, können nur von Gott kommen.«

Da meldete sich eine piepsige Stimme: »Oder von mir!«

»Still, Sebastian!« befahl O'Toole.

Der Abt führte O'Toole (nebst Sebastian) auf den Mount Kana und warnte ihn, als sie am Schrein des heiligen Thad vorbeikamen: »Nehmen Sie sich vor diesem Dorngebüsch in acht, Hugh, es sei denn, es steht Ihnen der Sinn nach schwerer Kasteiung.«

»Im Moment nicht, danke.«

»Autsch!« rief Sebastian. »Jetzt muß ich mir ein neues Bettuch besorgen!«

Auf dem Gipfel stiegen sie in ein Kan-a-Kade-Boot. Der Abt entkorkte eine Flasche Himmlisches Abtströpfchen. Dann gab es ein bißchen Gezeter, weil Sebastian unbedingt vorne sitzen wollte. Ein schwebendes Glas Wein zeigte an, wo er war.

»Nun, Vater Abt«, sagte O'Toole, während sie zusahen, wie die Sonne hinter den Weingärten versank, »sagen Sie – können Sie mit den Mönchen genug von diesem prachtvollen Wein machen, um allen davon abzugeben, die ihn kaufen wollen?«

»Wir geben uns redlich Mühe, Hugh. Aber ich kann nicht versprechen, wie lange unsere Vorräte noch anhalten.«

»Wollen Sie damit sagen, wer diesen großartigen Wein bestellen will, sollte das umgehend und auf der Stelle tun?«

»Ganz genau, Hugh. Er sollte die Nummer anrufen, die jetzt eingeblendet wird. Als Gratiszugabe gibt es für eine begrenzte Zeit eine Nachbildung der berühmten Maßkrüge, die Unser Herr und Heiland bei der Hochzeit zu Kana benutzt hat. Unsere Mönche stehen bereit. Sie akzeptieren alle gängigen Kreditkarten. Und auch nicht ganz so gängige.«

»Und wenn man Kana besuchen will? Lohnt sich ein Familienausflug hierher?«

Sebastian fragte: »Was passiert, wenn ich auf den Hebel da drücke?«

»Nichts anfassen!« rief O'Toole, doch der Hebel neben dem Fahrersitz schnellte nach hinten.

»Festhalten!« sagte der Abt.

»O nein!« schrie O'Toole, während das Boot auf den Rand des Wasserlaufs zuglitt. »Sebastiiiiiiiaaaaaaan!«

Das Faß raste den Wasserlauf hinab und schlug klatschend unten im weinfarbenen Wasser auf.

Die Menschen an der Grotte jubelten, warfen die restlichen Krücken von sich und liefen den Berg hinauf.

»Also, das ist ja nun wirklich ein Wunder!« rief Sebastian, während sein schwebendes Weinglas sich neigte und leerte.

Damit war das Infomercial zu Ende. Nebenan im Erfüllungszentrum hörten wir die Telefone läuten wie ein Glokkenspiel. »Hört euch das an«, sagte Brent und stimmte ein Lied an. »The hills ar a-live … with the sound of money!«

Innerhalb eines Monats gingen Bestellungen über 150 000 Kisten Kana bei uns ein, und es kamen durchschnittlich 2300 Pilger pro Tag. Nach Begleichung aller Rechnungen hatten wir immer noch zehn Millionen Dollar auf der Bank. Ein Tanker mit chilenischem Cabernet war unterwegs nach New York. Der Abt sonnte sich in Kanas neugewonnenem Ruhm, führte Reporter und VIPS (Very Important Pilgrims) herum und konferierte mit Elliott über sein jüngstes Projekt, das er »Kurbad Kana« nannte. Ich wollte nichts davon hören, doch Elliott erzählte mir, da könne man unter anderem die »totale Immersion in kochend heißem Wein« erleben. Zusammen mit dem Abt wollte er Philomena überreden, ein Konzept für das neue Heilbad und das geplante neue Sortiment von Gesundheits- und Kosmetikprodukten KanaKare™ zu entwickeln, doch sie erwiderte, sie habe zu viel mit den Pilgerströmen zu tun. Was Monsignore Maraviglia anging, so schwieg er angelegentlich zu den jüngsten Entwicklungen. Er erwähnte das Infomercial, den ständig wachsenden Krückenhaufen bei der Grotte und den Abschluß seiner offenbar ewig währenden Revision mit keinem Wort.

Eines Morgens kam Bruder Mike, der Assistent des Abtes, mit einem Schreiben des Bundesamts für Alkohol, Tabak und Schußwaffen zu mir. Es war an den Abt adressiert.

»Er sagt, ich soll es in den Papierkorb werfen«, erklärte Bruder Mike. »Aber ich hab gedacht, du willst vielleicht noch einen Blick drauf werfen.«

Ich las:

Unter Bezugnahme auf kürzlich erfolgte Werbemaßnahmen im Fernsehen für das Produkt Kana Wein weisen wir Sie hiermit von Amts wegen darauf hin, daß die o.g. Maßnahmen einen Verstoß gegen die einschlägigen Bestimmungen des Strafgesetzbuchs darstellen. Diese Bestimmungen untersagen die Aufstellung jeglicher Behauptung, welche die Auffassung zuläßt, der Konsum alkoholischer Getränke könne eine heilende Wirkung haben.

Dies bezieht sich insbesondere auf:

– Wiederherstellung des Gebrauchs der unteren Gliedmaßen

– Gewichtsverlust

– Förderung des Haarwuchses

– Verlust von Ängsten

– positive Wirkungen im dermatologischen Bereich

– Steigerung der sexuellen Aktivität

– Wiederherstellung der Sehkraft.

Sie werden hiermit aufgefordert, sich in der oben bezeichneten Dienststelle einzufinden, um sich zu den genannten Vorwürfen zu äußern. Es wird empfohlen, einen Rechtsbeistand hinzuzuziehen. Es steht Ihnen frei, Widerspruch gegen die Vorwürfe zu erheben und bei der Anhörung Unterlagen vorzulegen, die geeignet sind, Ihre Einlassung zu untermauern.

Des weiteren setzen wir Sie davon in Kenntnis, daß bei dieser Dienststelle bereits Beschwerden von Verbraucherseite eingegangen sind, in denen Ihnen die Nichterfüllung telefonisch und/oder schriftlich aufgegebener Bestellungen Ihres Produktes zum Vorwurf gemacht wird.

Darüber hinaus setzen wir Sie davon in Kenntnis, daß gegen den Wahrheitsgehalt der Auszeichnung Ihres Produkts

Beschwerde erhoben wurde. Gemäß den Bestimmungen des BATF *ist der Gebrauch der Bezeichnung »Ein Erzeugnis des…« nur dann zulässig, wenn das Produkt strenge Kriterien erfüllt.*

Bei der zum oben bezeichneten Termin anberaumten Anhörung haben Sie Gelegenheit, auch zu diesen nachgeordneten Punkten Stellung zu nehmen.

Für nachgewiesene Verstöße gegen o.g. Bestimmungen sieht das Gesetz Geldstrafen, die Beschlagnahme von Besitz sowie Freiheitsentzug vor.

Ich sah Bruder Mike an. »Der Abt hat gesagt, du sollst das in den Papierkorb werfen?«

Bruder Mike zuckte die Achseln. »Yeah. Er nimmt's ziemlich lässig, wenn er sich bei jemand melden soll. So ein Typ von *60 Minutes*[35] hat bald zehnmal hier angerufen, er sagt, er ist der Produktionsleiter von Mike Wallace.«

»*60 Minutes?* Na herrlich. Das hat uns jetzt gerade noch gefehlt. Mike Wallace dem ›Geheimen Zusatzstoff von Kana‹ auf der Spur.«

»Yeah«, meinte Bruder Mike, »ist vielleicht ganz gut, wenn man da nicht zurückruft. Aber warum er das BATF links liegen läßt, weiß ich auch nicht. Ich hab ihn gefragt, und da hat er gemeint: ›Ach, die wollen uns bloß wieder Angst einjagen.‹ Das Amt war wohl vor einem Jahr schon mal hier?«

»Ja. Wir hatten eine Unterredung übcr unerledigte Aufträgc. Mir haben sie auf jeden Fall Angst eingejagt, aber du

[35] Beliebte Nachrichtensendung im Fernsehen, deren Spezialität gnadenlose Recherchen und Enthüllungen sind. Der Star-Reporter Mike Wallace ist berühmt für seine überfallartigen Interviews.

weißt ja, wie der Abt ist. Er fühlt sich einer höheren Instanz verantwortlich.«

»Yeah, gebet dem Kaiser und so weiter. Ich hab eine Coverage darüber gemacht. Wann war die Anhörung noch mal?«

Zu meinem Entsetzen lag der Termin eine Woche zurück. Bruder Mike machte mich darauf aufmerksam, daß das Schreiben am Tag nach der Ausstrahlung des Infomercials abgeschickt worden war. Der Abt hatte offenbar Dringlicheres zu tun, als sich um die Vorladung einer nationalen Polizeibehörde zu kümmern.

Ich rief sofort beim BATF an und erreichte den Beamten, der damals in Kana war. Er hörte sich meine wortreichen Entschuldigungen und meine Bitte um einen erneuten Anhörungstermin schweigend an. Was die Behauptungen gesundheitsfördernder Wirkungen betraf, versuchte ich geltend zu machen, daß der Abt sich in dem Infomercial rechtlich abgesichert hatte.

»Versuchen Sie, das dem Beamten bei der Anhörung zu erklären«, erwiderte er ungerührt. »Vorausgesetzt, ich kann Ihnen einen neuen Termin verschaffen. Ich will tun, was ich kann. Aber ich muß Ihnen sagen, daß Kana bei uns nicht sonderlich gut angeschrieben ist. Wir bekommen schon wieder Beschwerden über unerledigte Bestellungen.«

»Machen Sie sich keine Sorgen«, sagte ich. »Diese Bestellungen gehen demnächst ab. Der Wein ist bereits unterwegs.«

»Unterwegs?« sagte er. »Unterwegs von wo?«

»Ähm, vom Faßlager. Zur Abfüllerei. Wir hatten hier ein paar Produktionsschwierigkeiten.«

»Wann rechnen Sie damit, diese Schwierigkeiten überwunden zu haben?«

»Jeden Tag eigentlich.« Ich riet einfach drauflos. »Eine Woche, höchstens.«

»Können Sie das garantieren?«

»Muß ich?«

»Das wäre nützlich, wenn ich Ihnen einen neuen Anhörungstermin verschaffen soll.«

»Dann garantiere ich es.«

»Okay. Eine Woche. Freitag, der Siebzehnte. Zwölf Uhr mittags. Dann kommt versandfertige Ware vom Fließband.«

»Auf jeden Fall.«

»Gut, dann macht es Ihnen sicher nichts aus, wenn wir einen Beamten schicken, der das überprüft.«

Jetzt war keine Zeit zu verlieren. Ich rief die Weinkellerei in Chile an. Sie fragten bei ihrem Spediteur nach und hatten dann eine gute Nachricht für mich: Der Frachter würde am nächsten Tag in New York ankommen. Das Schiff sollte über das Wochenende entladen werden und die Fracht am Montag durch die Zollkontrolle gehen. Sobald die offenen Rechnungen beglichen waren – wir schuldeten ihnen noch zwei Millionen Dollar –, würde der Wein freigegeben. Ich ließ Maraviglia ein Fax an unsere Bank in New York schicken mit dem Auftrag, das Geld am Montag morgen telegrafisch nach Chile zu überweisen. Außerdem rief ich das Fuhrunternehmen an und sagte, daß wir den Wein Montag abend haben müßten. Die Fahrer verlangten natürlich ein »Handgeld«, da das bedeutete, daß sie tatsächlich acht Stunden hintereinander arbeiten müßten.

Eine Stunde später saß ich immer noch an meinem Computer und beschäftigte mich mit dem Kana Hedge Fund, als ich per E-Mail eine Nachricht erhielt. Sie kam von Pagliaccio, einem Stammgast in dem Chat Room des Vatikans. Wir waren E-Mail-Freunde geworden. Jetzt hatte er wirklich heiße Neuigkeiten für mich:

Caro Hedgehog,

unser scharlachroter Freund fährt nächste Woche nach Amerika. Sein Privatsekretär, Vater Hans, hat am Mittwoch nach der wöchentlichen Lagebesprechung alles in die Wege geleitet. Auf der Konferenz hat man ihm ein Video über ein amerikanisches Kloster vorgeführt, das Wein erzeugt. Es ist der gleiche Wein, von dem Seine Heiligkeit krank geworden ist. Die Mönche behaupten, ihr Wein würde alle möglichen Leiden kurieren. Vielleicht nehmen sie den mit nach Kisangani! Vielleicht hilft der auch gegen ihre Malaria!

Blutschpiller war also auf dem Weg hierher. Maraviglias Revision war endlich abgeschlossen. Sicher war das Videoband das letzte vernichtende Beweisstück in seinem Bericht, und jetzt kam der Große Exkommunikator höchstpersönlich, um bei unserem Jüngsten Gericht den Vorsitz zu führen. Maraviglia tat nur seine Pflicht, aber er hätte uns zumindest warnen können. Und außerdem – warum hatte Philomena uns nicht verraten, daß es schon einen Termin für unsere Hinrichtung gab? Ich ging in das Konferenzzentrum.

Sie waren beide da, saßen beim Mittagessen am Tisch und vergnügten sich mit einer schönen Flasche Barolo.

»Wie gemütlich«, sagte ich. »Barolo. Besser kann man eine abgeschlossene Revision nicht abrunden.«

Philomena schaute von ihrer Lasagne auf. »Wenn sie nur schon abgeschlossen wäre. Bei den ganzen Pilgern und dem Trubel mit der Revision komm' ich in letzter Zeit gar nicht mehr zum Schlafen.«

Obwohl es mich reizte, ließ ich mich nicht auf eine weitere Erörterung ihrer nächtlichen Aktivitäten ein. »Immer noch nicht abgeschlossen? Na ja, vermutlich gibt es immer ein paar Kleinigkeiten in letzter Minute, wie etwa die Entscheidung, welches Holz man nimmt.«

Beide starrten mich an. Maraviglia sagte: »Ich verstehe nicht.«

»Für die Verbrennung der Ketzer auf dem Scheiterhaufen. Sagen Sie, Monsignore, welches Holz nimmt Kardinal Blutschpiller denn am liebsten? Wir sollten einen ausreichenden Vorrat davon bereithalten, wenn er diese Woche hier eintrifft.«

Sie sahen beide erschrocken aus. Das hatte ich offenbar nicht wissen sollen. »Ich muß schon sagen, als ich erfahren habe, daß er auf dem Weg hierher ist, da war ich ein wenig … verletzt. Ich hab mir gedacht: ›Niemand sagt mir was.‹ Warum haben Sie es uns denn nicht erzählt? Ich war der Meinung, wir hätten ein gutes Verhältnis miteinander. Nach all dem« – ich funkelte Philomena an – »Spaß, den wir miteinander hatten, nach all dem großartigen Wein hätten Sie uns doch sagen können, daß Blutschpiller auf dem Weg zu uns ist.«

»Wer hat dir das erzählt?« fragte Maraviglia.

»Ach, ich hab da so meine Quellen. Wie ich höre, war das eine recht lebhafte Lagebesprechung am Mittwoch. Anscheinend war der Kardinal von unserem Infomercial so angetan, daß Vater Hans ihm für nächste Woche einen Flug buchen mußte. Sicher will er etwas von unserem Wein für seine Prostata. Warum hat er nicht einfach angerufen? Unsere Mitarbeiter sind in ständiger Bereitschaft.«

Maraviglia tupfte sich den Mund mit der Serviette ab und stand auf. Er ging ans Fenster und blickte hinaus auf Mount Kana. In der Ferne sahen wir Pilger am Schrein des heiligen Thad, die Münzen ins Dorngebüsch warfen. Über ihnen wirbelte eine Faßladung von Nachwuchspilgern den Wasserlauf hinab; ihre Freudenschreie waren durch die Scheibe allerdings kaum zu vernehmen. Ich sah zu Philomena hinüber. Sie starrte Maraviglia unverwandt an. »Ist das wahr, Ray?«

Endlich drehte er sich um und sagte: »Ich war nicht befugt, etwas zu verraten.«

»Die Revision ist also abgeschlossen.« Sie rang um Fassung. Offenbar dämmerte ihr jetzt, daß ihr Monsignore bald abreisen würde. Diese Episode aus den *Dornenvögeln* näherte sich also ihrem Ende. Jetzt erfuhr sie selbst, wie das ist, wenn man einfach sitzengelassen wird. Ein Teil von mir hatte Mitleid mit ihr. Aber ein anderer Teil frohlockte: *Geschieht ihr recht.*

»Tja«, sagte sie, »ich bin froh, daß es mir jemand erzählt hat.«

Erstmals schien sich Maraviglia von allen hier im Zimmer am unbehaglichsten zu fühlen. »Philomena«, sagte er in dem flehenden Ton eines eben ertappten ungetreuen Liebhabers, »ich *wollte* es dir ja sagen.«

Er bemerkte das hämische Grinsen auf meinem Gesicht. »Ich wollte es euch allen sagen. Doch der Kardinal bestand auf absoluter Geheimhaltung.«

»Und jetzt?« fragte Philomena. »Wann kommt er an?«

»Frag' Bruder Ty. Der weiß offenbar alles. Sag' doch, mit welchem Flug kommt er an?«

»Tut mir leid«, lächelte ich, »ich bin nicht befugt, das zu verraten.«

»Ach, also wirklich«, sagte sie, »würde einer von euch Gottesmännern mir bitte mal sagen, was hier eigentlich vor sich geht!« Weder Maraviglia noch ich machten Anstalten dazu. »Ich verstehe – das ist nichts für kleine Mädchen. Typisch Kirche.«

»Anweisung des Kardinals«, sagte Maraviglia. Er drehte sich zu mir um. »Ich werde mich mit Rom über diese Entwicklung ins Benehmen setzen. Beim Abendessen werde ich eine Ansprache halten. Ihr respektiert in der Zwischenzeit bitte die Autorität des Heiligen Stuhls. Sprecht mit niemandem darüber. Wenn du uns jetzt entschuldigen würdest, Bruder.«

Während ich mich zum Gehen wandte, setzte er sich neben Philomena an den Tisch. So wenig Zeit, und so viel zu bereden.

Beim Abendessen war ich mit Vorlesen dran. Als Text hatte ich die Offenbarung des Johannes, Kapitel sechs gewählt:

»Und es ging heraus ein ander Pferd, das war rot. Und dem, der darauf saß, ward gegeben, den Frieden zu nehmen von der Erde und daß sie sich untereinander erwürgten; und ihm ward ein großes Schwert gegeben...«

Beim Lesen schaute ich immer wieder zu Maraviglia hin, was ihn offenbar nicht erfreute.

Als ich fertig war, nahm ich neben dem Abt Platz. Maraviglia erhob sich und schritt düster zum Pult.

»Vater Abt, Brüder«, begann er, »ich habe eine traurige und schmerzliche Ankündigung zu machen. Mein Aufenthalt hier bei euch geht dem Ende zu.«

Der Abt flüsterte: »Ein schweres Kreuz, doch wir müssen es ohne Murren auf uns nehmen.«

»In den vergangenen Monaten haben sich viele von euch gefragt, was mich so lange hier in Kana festhält...«

»Der Château Figeac«, murmelte der Abt.

»Die Wahrheit ist die, daß ich nicht nur eine Revision der klösterlichen Finanzen durchgeführt habe...«

»Nein«, fuhr der Abt fort, »du hast auch eifrig auf meinem Fernseher Fußball geguckt.«

»Ich glaube, wir sollten ihm zuhören«, flüsterte ich zurück.

»Eine Finanzprüfung ist nicht weiter schwierig. Das würde nur etwa eine Woche in Anspruch nehmen. Nein, Brüder, ich hatte hier eine viel wichtigere Mission zu erfüllen – eine Revision der Seele von Kana...«

Der Abt stöhnte. »Ach, erspar' mir das.«

»Und ich fand eine von Grund auf zerrüttete Seele.« Sein Blick wurde kalt und vorwurfsvoll. »Ihr habt ein Gelübde abgelegt, demütig in den Fußstapfen Christi zu wandeln, und ich muß feststellen, daß ihr einen Lexus fahrt...«

»Ich hab dir doch gesagt, du sollst das Auto verstecken!« zischte der Abt.

»Hab ich doch«, zischte ich zurück. »Er muß die Wartungspapiere gefunden haben.«

»Ihr habt ein Gelübde abgelegt, den Lehren der Heiligen Schrift zu folgen, und ich muß feststellen, daß ihr einen

Dr. med. Deepak Chopra studiert. Ihr habt ein Gelübde abgelegt, keine falschen Götter anzubeten, und ich muß feststellen, daß ihr einen Götzenberg baut. Fontänen von Wein! Motorgetriebenes Dorngebüsch! Ihr habt ein Gelübde abgelegt, der Menschheit zu dienen, und ich muß feststellen, daß ihr die Menschheit bestehlt.

Der Kardinal hatte gehofft, meine Anwesenheit hier würde bewirken, daß ihr euch bessert. Er hatte gehofft, ihr würdet wiederum dem irdischen Leben entsagen und dem heiligen Thaddäus nacheifern. Und was geschah? Ihr habt die schlimmste aller Abscheulichkeiten begangen. Dieses, dieses« – er spuckte das Wort nur so aus – »*Infomercial*. Ihr habt die katholische Kirche um fünfhundert Jahre zurückgeworfen. Der Heilige Vater hat dieses Machwerk höchstpersönlich in Augenschein genommen.«

Die Mönche begannen unruhig hin und her zu rutschen.

»Der Kardinal hat es ihm diese Woche vorgeführt. Er war zutiefst betrübt. Er hat Seine Eminenz gebeten, selbst hierher zu fahren und die Sache persönlich in die Hand zu nehmen.«

Der Abt sagte schwach: »Kardinal Blutschpiller? Kommt – hierher?«

»Ja. Nächste Woche. Er wird einen päpstlichen Untersuchungsausschuß leiten. Er wird auch versuchen, mit den Zivilbehörden zu verhandeln. An eurer Stelle würde ich inbrünstig dafür beten, daß die Intervention des Kardinals erfolgreich ist. Hier wurden nicht nur die Gesetze Gottes gebrochen. Ihr könnt ins Gefängnis kommen für die Betrügereien, die ihr an der Allgemeinheit verübt habt.«

Der Abt sank auf seinem Platz zusammen.

»Während wir andächtig auf seine Ankunft warten«,

fuhr Maraviglia fort, »hat der Kardinal folgende Anweisungen erteilt. Erstens werden wir morgen alle Aktivitäten im Pilgerzentrum einstellen – das betrifft auch die Kan-a-Kade. Zweitens werden wir den Weinbrunnen abstellen. Drittens werden wir den Krückenberg abtragen. Viertens werden alle Guthaben und Konten von Kana unverzüglich eingefroren, bis der Kardinal diesbezüglich eine Entscheidung trifft. Fünftens werden wir zu der klösterlichen Disziplin zurückkehren, die der heilige Thaddäus vorschreibt. Ihr braucht euch nicht in Dornenbüsche zu werfen oder einander mit Bocksblasen zu schlagen, doch ihr werdet alle modernen elektronischen Apparate und Unterhaltungsgeräte aus euren Zellen entfernen. Ich muß sagen, ich war sehr erstaunt, im Laufe meiner Revision hier Quittungen von Golfclubs vorzufinden. Sechstens, keiner wird ohne meine ausdrückliche Genehmigung das Kloster verlassen oder mit der Außenwelt Kontakt aufnehmen. Ihr händigt mir bitte unverzüglich die Schlüssel für alle Fahrzeuge aus.« Er sah den Abt an. »Das betrifft auch den Lexus.«

Es herrschte tiefes Schweigen. Mehrere Dutzend Mönche sahen auf ihre Teller hinab.

»Und nun«, sagte Monsignore Maraviglia, »wollen wir alle das Haupt neigen und um die Vergebung des Herrn beten.«

Er schlug unser Brevier auf und las aus dem »Gebet in der Stunde der Bedrängnis« des heiligen Thaddäus vor. Es war kein sonderlich tröstlicher Gedanke, daß dies die letzten überlieferten Worte unseres Schutzheiligen waren, ehe der Sultan des Folterns müde wurde und ihm den Kopf abschlug:

»O Herr, sieh auf mich elenden Wicht herab und laß meine Qualen größer sein als meine Sünden. Laß den Schmerz meine Glieder zersetzen. Und wenn dieser Schmerz vorüber ist, dann laß noch größere Pein über mich kommen. Und wenn ich meine, nun sei das Schlimmste vorbei, dann erstaune mich mit unausdenkbaren Martern, auf daß am Tage des Jüngsten Gerichts meine Sünden abgegolten sind und alle sagen: ›Wahrlich, dieser Mann hat Schmerz erfahren.‹«

Das Wochenende verging langsam. Da es mir verboten war, meinen Computer zu benutzen, verbrachte ich die Zeit mit etwas, das ich schon lange nicht mehr getan hatte – mit Gebet und Kontemplation. Die anderen Mönche machten es meist ebenso. Es herrschte nun eindeutig eine durchgeistigte Atmosphäre in Kana, doch könnte man in Anlehnung an Doktor Johnson sagen, daß nichts der Konzentration so förderlich ist wie die Aussicht, am nächsten Tag den Kopf abgehackt zu bekommen.

Bei den Mahlzeiten sprach der Abt kein Wort, und ansonsten blieb er in seiner Zelle. Selbst unser gewöhnlich so fröhlicher Bruder Jerome schien einen Dämpfer bekommen zu haben. Nur Bruder Bob konnte uns aufheitern. Als wir am Sonntag morgen nach der Messe aus der Kapelle kamen, begann er die Melodie von »It's a long way to Tipperary« zu pfeifen und sang dann leise vor sich hin: »Oh, it's a long way to Kis-an-gani…«

Beim Abendessen verteilte er Kopien einer selbsterstellten Liste mit dem Titel »Kleiner Kongo-Sprachführer« sowie einen Übungsdialog mit der Überschrift »*Une conversation Kisanganaise entre Frère Jacques et Frère Jim.*« Der Dialog ging so:

Bruder Jack: O là là, wie heiß es ist!

Bruder Jim: Nicht so heiß wie die Unterwelt. Haha!

Jack: Es ist nicht die Hitze, sagt man, es ist die Feuchtigkeit.

Jim: Ich würde widersprechen wollen. Wir sagen hier: Es ist nicht die Malaria, es ist die Lepra.

Jack: À propos, hattest du nicht zwei Hände, als wir uns beim Frühstück sahen?

Jim: Meine Güte, du hast recht! Wo ist meine linke Hand? Hast du sie gesehen?

Jack: Vielleicht ist sie in der Bibliothek. Wollen wir sie miteinander suchen gehen?

Jim: Gute Idee! Doch zuerst wollen wir unsere Anti-Malaria-Pillen nehmen.

Jack: Akkordiert! Oder wir könnten statt dessen einfach etwas Wunderwein aus Kana trinken. Man sagt, er heile alles. Vielleicht würde er dir eine neue Extremität wachsen lassen.

Jim: Bitte, ich fordere dich auf, sprich mir nicht mehr von diesem verfluchten Wein!

Jack: Wohl, wohl! Hier kommt Bruder Auguste.

Jim: Pardon, Bruder. Hast du meine linke Hand gesehen?

Auguste: Ich bedaure, nein. Doch jetzt laß mich dich fragen – ist dies deine Sandale?

Jim: Gewiß nicht! Wo hast du sie aufgespürt?

Auguste: Innerhalb des grandiosen Krokodils, das die Eingeborenen fingen. Sagt mir, hat einer von euch Bruder Anatole gesehen?

Jack: Nicht seit gestern nachmittag. Ich sah ihn die Wäsche waschen gestern nachmittag unten am Fluß.

Auguste: Parbleu! Das ist in diesem Monat der dritte aufgegessene Mönch! Wer ist nun an der Reihe, die Wäsche zu waschen? Verweilt! Wo rennt ihr zwei hin so schnell?

Nach dem Essen ging ich spazieren, um meine Gedanken zu klären. Es war ein lieblicher Sommerabend. In der einbrechenden Dämmerung strahlte Mount Kana eine gewisse heitere Ruhe und sogar Majestät aus – vielleicht, weil jetzt keine kreischenden Pilger den Wasserlauf hinunterrutschten, kein automatisch gesteuertes Dorngebüsch sie zum Münzenwerfen verleitete, kein Springbrunnen mit falschen Versprechungen sprudelte.

Ich erklomm den Pfad zum Schrein des heiligen Thad. Gedankenverloren stand ich davor und überlegte, was unser Schutzheiliger wohl in unserer Lage getan hätte, da ließ mich eine Stimme zusammenschrecken – Philomenas Stimme.

»Brauchst du Kleingeld?« fragte sie.

»Allerdings«, sagte ich. »Meins hat mir der Monsignore abgenommen.«

»Ich hab meinen Geldbeutel nicht dabei, sonst würd' ich dir was leihen.«

»Was, und gegen die Anordnungen des Monsignore verstoßen? Das würdest du doch nie wagen.«

»Ty«, sagte sie, »es ist so ein schöner Abend. Können wir uns da nicht einfach nett unterhalten?«

»Warum nicht«, antwortete ich.

Wir setzten uns auf das Bänkchen neben dem Schrein.

»Ich gäbe ein Vermögen dafür, wenn ich wüßte, was du denkst«, sagte sie. »Ich verrate dem Monsignore auch nichts.«

»Okay. Ein Vermögen kann ich jetzt gut brauchen. Wenn du es unbedingt wissen willst, ich hab ein paar nützliche französische Ausdrücke geübt. Zum Beispiel: ›*Pardon, mademoiselle. Est-ce que tu a vu ma main gauche?*«

»Yeah, sie hängt an deinem Handgelenk. Was soll das denn?«

»Lepra-Witze sind im Moment bei uns im Calefactorium sehr im Schwange. Aber was soll's, das muß man selbst erlebt haben.«

Sie seufzte. »Ihr macht wohl eine ziemlich grauenhafte Woche durch.«

»*Ihr?* Wie meinst du das? Mir scheint, unsere Marketingberaterin hatte da auch mit die Hand im Spiel. Bis hin zu diesem Haufen von … diesem Haufen, auf dem wir uns jetzt befinden. Du kannst dich auch auf einiges gefaßt machen.«

»Ich weiß. Ich meinte nur, ich bin ja eigentlich kein Mitglied des Ordens. Was kann Blutschpiller mir schon anhaben? Mich meines Amtes entheben? Aber du hast recht. Ich hab Mist gebaut. Ich hätte auf dich hören sollen. Die Dinge sind hier ganz gewaltig aus dem Ruder gelaufen.«

»Das Infomercial zum Beispiel? *Es ist nur ein schlichter chilenischer Cabernet, aber ich glaube, seine übernatürlichen Kräfte werden Ihnen Freude bereiten.*«

»Wahrscheinlich glaubst du mir nicht, aber darüber hab ich mich mit Brent furchtbar in die Wolle gekriegt. Und rat' mal, wer jedesmal den Sieg davongetragen hat.«

»Seine Heiligkeit Deepak Chopra.«

»Doktor der Medizin. Einmal wollte ich die Dreharbeiten sogar ganz abbrechen. Ich hab geschrien: ›Brent, es geht einfach nicht, daß die Leute ihre gottverdammten Krücken wegschmeißen!‹ Der Abt hat mich beiseite genommen und mir erklärt, der Krückenhaufen sei bloß eine Metapher für

›das Feld der unbegrenzten Möglichkeiten‹. Am nächsten Tag hat er mir das Buch *Die Körperzeit – Jung werden, ein Leben lang* geschenkt, mit persönlicher Widmung.«

»Ich kann's kaum erwarten, wie er das alles dem Großen Exkommunikator und dem BATF erklären will. Also, was glaubst du, wo wir dann alle landen? Im Kongo oder in Leavenworth?«

Wir lachten. Es war fast wie in alten Zeiten.

»Sieh mal«, sagte sie, »der Mond.«

»Diesmal ist kein Vollmond. Ich meine, heute nacht.«

Sie berührte mich zärtlich am Arm. »Ich weiß, was du sagen wolltest. Ich mußte auch daran denken.«

Ich sah ihr in die Augen. Sie waren immer noch schön.

»Was auch geschieht«, sagte sie, »ich kann nur hoffen, daß du es über dich bringst, mir zu verzeihen.«

»Wie meinst du das?«

»Gib mir nicht die ganze Schuld.«

»Nein«, sagte ich. »Wir stecken da alle zusammen drin.«

»Danke, Ty.« Sie beugte sich vor und gab mir einen raschen Kuß auf die Wange. Dann stand sie schnell auf und rannte zum Pilgerzentrum zurück.

»Verweilt!« rief ich ihr nach, als sie nicht mehr zu sehen war. »Wo rennt ihr hin so schnell?«

Am nächsten Morgen, dem Montag, hielt ich bei der Matutin Ausschau nach Maraviglia. Ich brauchte seine Genehmigung, um den Spediteur anzurufen und mich zu vergewissern, daß unser Wein in den Docks von Newark bereitstand. Außerdem brauchte ich Bargeld von ihm, um den Fahrern das »Handgeld« zahlen zu können, damit sie ihn umgehend anlieferten.

Er kam nicht zur Andacht. Als er beim Frühstück noch nicht da war, ging ich ihn suchen. Ich bekam keine Antwort, als ich im Konferenzzentrum an die Tür klopfte. Vorsichtig machte ich auf.

»Monsignore?« rief ich. Stille. Die Räume waren leer. Das Bett sah nicht so aus, als ob jemand darin geschlafen hätte. Während ich da stand und überlegte, wo er wohl sein könnte, kam mir ein entsetzlicher Gedanke – hatte er die Nacht mit Philomena im Pilgerzentrum verbracht? War sie deshalb so schnell weggerannt?

Im Grunde wollte ich es lieber nicht wissen. Ich schrieb dem Monsignore einen Zettel wegen des Weins und des Handgelds und ging.

Als ich um elf noch nichts gehört hatte, hielt ich es für besser, selbst tätig zu werden und die Spedition anzurufen. Man sagte mir, der Wein sei durch den Zoll, doch hätten die Chilenen ihn noch nicht freigegeben. Ich rief in Chile an und sprach mit Señor Baeza von der Weinkellerei.

»Ich bedaure, Fray«, sagte er, wobei er das spanische Wort für »Bruder« benutzte, »doch die Gelder sind noch nicht auf unserem Konto eingegangen.«

»Könnten Sie bitte Ihre Bank anrufen und die Sache beschleunigen? Es ist wirklich sehr wichtig für uns, daß wir den Wein umgehend erhalten.«

»Schön und gut«, meinte er, »aber vielleicht sollten auch Sie Ihre Bank anrufen. Nach unserer Erfahrung lag das Problem stets auf Ihrer Seite.«

Ich legte auf und rief Mr. Terens an, der in der New Yorker Bank unser Konto verwaltete.

»Aber ja, Bruder Ty«, sagte er. »Die Überweisung wurde ausgeführt.«

»Wußte ich's doch«, rief ich ärgerlich. »Sie liegt da in Santiago auf dem Schreibtisch, und irgendwer hat seinen *café con leche* draufgestellt.«

»Nicht Santiago«, sagte Mr. Terens. »Die Cayman Islands. Die Überweisung nach Santiago haben Sie storniert.«

»Was?«

»Ich schau' mal nach. Da ist es ja. Ich hab hier das Fax von Monsignore Maraviglia vom Freitag mittag, der mich zu der Überweisung von zwei Millionen Dollar an die Banco Bolivar am Montag morgen ermächtigt. Dann ein zweites Fax mit dem Datum Sonntag nachmittag vier Uhr und der Anweisung, diese Überweisung zu stornieren und statt dessen eine telegrafische Anweisung auszuführen über... Moment mal, ich erinnere mich, daß es eine große Summe war, ungefähr alles, was noch auf dem Konto lag... ja, das ist es, neun Millionen achthunderttausend.«

»Neun Komma acht Millionen – nach Chile?«

»Nein, auf die Grand Cayman Islands. Auf das Konto der Schweizer Bank in Zürich. Auf Anweisung von Monsignore Maraviglia. Er hat es heute morgen kurz nach neun telefonisch bestätigt.«

Ich rannte zurück in das VIP-Zentrum für Innere Einkehr. Immer noch keine Spur von ihm. Ich lief und holte den Abt. Gemeinsam kehrten wir in die Suite zurück und schauten uns um. Der Schrank war leer, im Badezimmer standen keine Toilettenartikel herum.

»Das Lämpchen da blinkt«, sagte der Abt und zeigte auf den Anrufbeantworter auf seinem früheren Schreibtisch. Er ging hin und drückte auf »Abhören«.

Die ersten beiden Nachrichten waren auf italienisch und der rauhen Stimme nach zu urteilen von derselben Person.

Ich konnte nur die Wörter »*urgente*«[36] und »*presto*«[37] verstehen.

Die dritte Nachricht war von einer Frauenstimme. »Ja, hier ist Air Canada mit einer Nachricht für Mr. R. Mara... Maravig-glia. Es geht um Flug Nummer 987, planmäßiger Abflug 9 Uhr 35 von Toronto. Wir möchten Ihnen mitteilen, daß der Flug aufgrund eines technischen Problems verschoben wurde. Planmäßiger Abflug ist nun 11 Uhr 50 von Toronto. Für weitere Auskünfte rufen Sie bitte die Nummer 800-776-3000 an.«

Der Abt und ich starrten uns einen Moment lang an. Die Digitaluhr an dem Anrufbeantworter zeigte 12 Uhr 36. Wir griffen beide gleichzeitig zum Hörer. Er stellte auf »Lauthören« und wählte. Eine Stimme meldete sich und erklärte uns, daß Air Canada unseren Anruf sehr zu schätzen wisse. Zwei Minuten später konnten wir endlich ein menschliches Wesen nach Flug Nummer 987 befragen.

»Moment«, sagte sie, »987 wurde verschoben ... der Flug ist um ... 12 Uhr 05 von Toronto abgegangen.«

»Wo ... wo geht der hin?«

»Havanna.«

»Havanna auf Kuba?« fragte der Abt.

»Das ist das einzige Havanna, das wir anfliegen, Sir.«

Ich legte auf. Wir sahen uns an. Der Abt sagte: »Herrgott.«

»Was?« sagte ich.

»Der Wein!« Er rannte die Treppe zu seinem Weinkeller hinunter. Ich folgte ihm. Der Abt lief eilig durch die Gänge

---

36 Ital.: »dringend«

37 Ital.: »schnell«

und inspizierte die Lücken in den ordentlichen Flaschenreihen.

»Schau dir das an!« brummte er. »Der '82er ist weg.« Er bog um die Ecke. Ich hörte einen Schrei, der mir das Blut in den Adern gefrieren ließ.

»Der Schweinehund!«

»Was ist denn?«

»Er hat den *ganzen* 71er Romanée-Conti mitgenommen! Ich hatte fünf Flaschen hier!«

»Vater«, sagte ich, »das mit deinem Wein tut mir leid, aber uns fehlen außerdem zehn Millionen Dollar!«

»Hast du eine Ahnung, was so eine Flasche 71er Romanée-Conti kostet?«[38]

Der Abt kam hinter der Ecke hervor und stand fassungslos in der katakombenartigen Düsternis. Bitter schüttelte er den Kopf. »Zu dieser ›Revision der Seele von Kana‹ gehörte wohl auch, daß man unser ganzes Geld klaut und unseren besten Wein noch dazu.«

»Gehen wir Philomena suchen«, sagte ich. »Mal sehen, was sie weiß.«

Wir verließen den Weinkeller durch die Hintertür und eilten über den Parkplatz zum Pilgerzentrum. Da fiel uns auf, daß noch etwas fehlte – der Lexus. »Kein Wunder, daß er die Schlüssel haben wollte«, sagte der Abt. Als wir im Pilgerzentrum ankamen, stellten wir fest, daß wir noch einen Verlust zu beklagen hatten.

Philomena.

Ich fand den Zettel auf ihrem Schreibtisch. Er war an mich gerichtet:

---

[38] Etwa $ 1800

Lieber Ty,

ich muß weg. Bitte erklär' das dem Abt und den anderen Brüdern.

Es tut mir leid, daß ich in der Stunde eurer Not nicht hier sein kann. Versuch' bitte, mich zu verstehen.

Die vergangene Nacht hat mir viel bedeutet. Ich bin froh, daß wir noch ein Erlebnis auf dem Berge hatten, und diesmal ohne Predigt.

Liebe Grüße,

Philomena.

Der Abt sah mir über die Schulter und las mit.

»›Erlebnis auf dem Berge‹?« fragte er. »Bruder, muß ich dir die Beichte abnehmen?«

»Wegen der Ereignisse der letzten Nacht nicht«, antwortete ich. »Für die sündhaft wütenden Gedanken, die mir jetzt durch den Kopf gehen, aber auf jeden Fall.« Ich stellte mir vor, wie sie da zusammen im Flugzeug saßen, erste Klasse, den Romanée-Conti des Abts dekantierten und nach Havanna flogen und danach weiß der Himmel wohin, mit unseren sechzehn Millionen Dollar.

»Ich kann's einfach nicht fassen, daß sie mit unserem Geld abgehauen ist«, sagte ich. »Über einen Maskenball-Monsignore in Verzückung zu geraten ist eine Sache, aber die eigenen Freunde zu bestehlen ...«

»Ich wette, sie wußte nichts von dem Diebstahl«, meinte der Abt. »Er hat ihr womöglich gar nicht erzählt, was er getan hat. Sie hat einfach gedacht, sie brennen zusammen durch.«

»Vergib mir, Vater, denn ich hoffe immer noch, daß Flug Nummer 987 von dem schlimmstmöglichen ›technischen

Problem‹ heimgesucht wird, möglichst über Gewässern, in denen es von Haien nur so wimmelt.«

»Dir ist vergeben«, sagte der Abt. »Hat der gute Monsignore uns nicht erzählt, ein Sünder solle Schmerzen freudig auf sich nehmen?«

Als ich so an Maraviglias Abschiedspredigt über unsere sündigen Verfehlungen zurückdachte, in der er uns mit seiner Tugendhaftigkeit geradezu geblendet hatte, da begriff ich endlich, welche Lektion er uns in Wirklichkeit erteilt hatte. Er hatte unser Geld mitgehen lassen, unseren Wein, unser Auto und unsere Managementberaterin, doch er hatte uns auch etwas Wertvolles hinterlassen – nämlich das Sechste Gesetz des geistigen und finanziellen Wachstums:

VI.
Wer den ersten Stein wirft, hat meist gewonnen.

Marktmeditation Nummer Sechs

Die Bibel sagt: »Wer unter euch ohne Sünde ist, der werfe
den ersten Stein.« Wenn aber du und die Konkurrenz
beide Sünder seid, wer fängt dann an?
Wenn Gott nicht wollte, daß der Mensch mit Steinen wirft,
warum ließ Er dann so viele in der Gegend herumliegen?
Wäre es möglich, daß die Pharaonen dic Pyramiden gebaut
haben, damit die Steine nicht den Steinewerfern in die
Hände fallen? (Hinweis: Nenn mal einen Pharao, der durch
Steinwurf getötet wurde!)
Wenn Goliath einen Stein gehabt hätte, hätte er den nicht auf
David geschmissen?

Glaubst du nicht, Goliath gäbe was drum, daß er das Sechste Gesetz™ gekannt hätte?
Wer hat deiner Meinung nach das Sechste Gesetz™ besser begriffen – der heilige Thad oder der Sultan, der ihm den Kopf abgeschlagen hat?
Was glaubst du, wie er überhaupt Sultan geworden ist?
Was ist dann so Besonderes an Philomena und dem Monsignore? Es heißt, wer im Glashaus sitzt, soll nicht mit Steinen werfen. Gut und schön, aber wohnst *du* in einem Glashaus?
Wohnt die Konkurrenz in einem Glashaus?
Hand aufs Herz – kennst du überhaupt jemanden, der in einem Glashaus wohnt? (Okay, außer dem reichen Kerl da in Connecticut, der Philip Johnson als Architekten hatte. Sollte die Regel nicht sowieso lieber lauten: »Wer im Glashaus sitzt, soll nicht nackt herumlaufen?«)
Wer hat bei Pearl Harbor gewonnen?

Es ist unglaublich – die Fragen werden immer schwerer, aber du wirst einfach immer besser!

Nun besorg' dir eine Kiste von einem guten chilenischen Wein (wenn möglich Maipo Valley, aber jede andere Sorte geht auch). Mach' eine Flasche auf und trink' den Wein langsam. Atme zwischen den einzelnen Schlucken tief ein, schließe die Augen und meditiere über alle Menschen, die dir etwas Übles angetan haben (grundlose Beleidigungen, Gardinenpredigten über deine sogenannten »Charakterfehler«, Entlassung, Ehebruch mit deinem besten Freund, Unterschlagung deiner Lebensersparnisse etc.). Schreib' ihre Namen auf einen Zettel. Wenn du die Flasche ausgetrunken hast, steck' den Zettel mit ihren Namen hinein. (Wahrscheinlich mußt du ihn fest zusammenrollen. Laß dir Zeit.)

Mache eine weitere Flasche Wein auf. Wiederhole die oben beschriebenen Trink- und Atemübungen, nur denk' dieses Mal an all das, was du den schlechten Menschen am liebsten angetan hättest. (Denk' dran, nichts überstürzen – das Beste kommt erst noch!) Nun schreib' deinen Namen auf einen Zettel und steck' ihn in die zweite Flasche.

Stell diese beiden »Glashäuser« vor dich hin. Jetzt nimm einen großen Backstein, wie man ihn zum Bau von Nicht-Glashäusern nimmt. Heb' ihn hoch und stell' dir vor, du wärst die schlechten Menschen in dem ersten Haus. Wirf ihn auf dich in dem zweiten Haus.

Und, wer hat gewonnen? *Aua!*

Jetzt mach' eine dritte Flasche Wein auf. Trinke wie oben beschrieben. Nimm einen weiteren Zettel und schreib' wieder deinen Namen darauf. (Wenn dir das zu mühsam ist, reichen auch die Initialen.) Steck' den Zettel in die Flasche. Laß dir Zeit – und vergiß nicht, ihn erst zusammenzurollen. Das erleichtert die Sache.

Stelle dein neues »Glashaus« neben die Flasche mit den schlechten Menschen. Paß auf die Scherben auf! Hoppla! Hol' dir lieber ein Pflaster.

Hat's aufgehört zu bluten? Gut. Okay, und diesmal wirfst *du* »den ersten Stein«! Heb' den Backstein hoch und ziel' damit auf die erste Weinflasche. Denk' an all das Böse, das sie dir angetan haben. Und ab die Post!

Daneben? Macht nichts. Drei Versuche hat jeder frei, und du wolltest doch sowieso eine neue Stereoanlage kaufen. Ziehe lieber den Stecker raus – dann hört das mit den Funken und dem Rauch auf. Und sperr' auch gleich dein Haustier ins Schlafzimmer, bis du mit der Übung fertig bist.

Wirf weiter, bis du die Flasche triffst. Siehst du jetzt, was passiert, wenn *du* den ersten Stein wirfst? Weißt du noch, was passiert ist, als *sie* den ersten Stein geworfen haben? Erkennst du da allmählich ein System?

Gebet des Pro-aktiven Sünders

Allmächtiger Gott, der Du Dein Volk in der Heiligen Schrift seitenlang gegeißelt hast und nie Bedenken trugst, es aus heiterem Himmel mit Sintflut, Pestilenz, schwarzen Blattern, Fröschen und anderen widerlichen Werkzeugen Deines Zorns zu schlagen; der Du das Leben ausgesprochen netter Leute wie Deines Dieners Hiob ruiniert und jedesmal gewonnen hast, der Du stets die Oberhand behältst und immer noch Gott bist, dem nichts und niemand etwas anhaben kann, mach, daß ich immer rasch und richtig ziele und daß mein Pfad voll exzellenter Wurfgeschosse liegt, und laß meine Feinde nie erfahren, was da über sie gekommen ist.

Das siebente Kapitel

Die Palermo-Connection
Medienterror
Ein letzter Tip
Das Kloster wird zum Talentschuppen
Ein beherzigenswerter Schluß

Ich rannte mit dem Abt in das Kloster zurück. Dort setzte ich mich an meinen Computer und verschaffte mir schnell einen Überblick über alle Kontenbewegungen, seit Maraviglia die Kontrolle über unsere Finanzen übernommen hatte. Wie sich herausstellte, waren die verschwundenen 9,8 Millionen Dollar nur seine jüngste »Abhebung«. Der gute Monsignore hatte die ganze Zeit über still und heimlich unsere Rücklagen, unseren Hedge Fund und – zum Entsetzen des Abtes – auch den Forschungs- und Entwicklungsfonds (gemeinhin Figeacfonds genannt) geplündert. Summa summarum hatte uns seine »Revision« gut sechzehn Millionen Dollar gekostet. Dreizehn Millionen waren telegrafisch an die Schweizer Bank auf den Cayman Islands überwiesen worden; die restlichen drei lagen jetzt bei der Banco di Palermo in Sizilien. Unser Gesamtkapital belief sich nunmehr auf 195 000 Dollar – ein Zehntel dessen, was wir brauchten, um unseren Wein aus dem Hafen von Newark herauszubekommen.

»Wie mir scheint«, sagte der Abt, »schuldet uns Blutschpiller sechzehn Millionen.« Er suchte Maraviglias Visitenkarte heraus.

Wir wählten die Nummer im Vatikan und wurden mit einem Tonband verbunden, das uns aufforderte, unsere Auswahl aus einem Sprachmenü zu treffen. Nachdem wir uns für Englisch entschieden hatten, kam folgendes aus dem Lautsprecher:

»Wir begrüßen Sie bei der Internen Ermittlung des Vatikans. Um Ihren Anruf rasch an die zuständige Stelle zu leiten, wählen Sie bitte unter folgenden Optionen:

– Zur Anzeige eines neuen Falls von Ketzertum drücken Sie Taste 1.

– Zur Anzeige eines wiederaufgetretenen alten Falls von Ketzertum drücken Sie Taste 2.

– Zur Anzeige eines Kirchenmitglieds, das die Doktrin der päpstlichen Unfehlbarkeit in Frage stellt, drücken Sie Taste 3.

– Zur Anzeige einer moralischen Verfehlung drücken Sie Taste 4.

– Zur Anzeige einer finanziellen Verfehlung drücken Sie Taste 5.

– Falls Sie sich zu Unrecht angeprangert oder exkommuniziert fühlen, reichen Sie Ihre Beschwerde bitte schriftlich ein.

– Zur Anzeige der verbotswidrigen Ordination eines weiblichen Priesters drücken Sie umgehend Taste 0 – Sie werden auf schnellstem Weg mit einem Inquisitor verbunden.

– In allen anderen Angelegenheiten bleiben Sie bitte am Apparat. Seine Eminenz der Kardinal weiß Ihren Anruf sehr zu schätzen.«

Dann erklang das düstere *Dies Irae* aus dem Requiem von Mozart. Der Abt drückte auf Null. Es dauerte nur Sekunden, dann antwortete eine Stimme: »Ufficio dell'Investigazione Interna. Vuole Lei communicare un' ordinazione femminile?«[39]

»Nein«, sagte der Abt, »Ich möchte einen diebischen Monsignore melden.«

»Das ist eine finanzielle Verfehlung. Ich verbinde Sie weiter.«

»Nein!« schrie der Abt. »Die Sache ist *molto importante*![40] Ich muß Kardinal Blutschpiller sprechen. Ich bin der Abt des Klosters zu Kana in den Vereinigten Staaten.«

Schweigen. »Seine Eminenz hat keine Zeit, mit jedem ... Abt zu sprechen, der hier anruft.«

Das setzte den Abt nur für einen kurzen Moment außer Gefecht. »Passen Sie gut auf. Hiermit melde ich, daß Monsignore Maraviglia 26 Frauen ordiniert hat, und allesamt praktizierende Lesben.«

»*Moment*«, sprach die Stimme.

Der Abt sagte zu mir gewandt: »*Darauf* reagieren sie bestimmt.«

Bald darauf meldete sich eine Stimme mit deutschem Akzent. »Hier ist Vater Haffmann.«

Der Name kam mir bekannt vor. »Vater Hans«, flüsterte ich. »Blutschpillers Privatsekretär.«

Der Abt flüsterte zurück: »Dann bist du jetzt *mein* Privatsekretär.«

---

[39] Ital.: »Sie wollen eine weibliche Ordination melden?«
[40] Ital.: »Sehr wichtig!«

»Hier ist Bruder Ty aus dem Kloster zu Kana in den Vereinigten Staaten. Vater Abt möchte Seine Eminenz den Kardinal sprechen. Es geht um eine dringende Angelegenheit, die Monsignore Raffaello Maraviglia betrifft – den Bevollmächtigten des Kardinals.«

»Geht es dem Monsignore gut?«

»Das kann ich Ihnen nicht sagen, er ist nämlich nicht mehr da.«

»Nicht da? Wo ist er denn?«

»Irgendwo zwischen Toronto und Havanna.«

»Havanna auf Kuba?«

»Havanna auf Kuba.«

»Was macht er auf Kuba?«

»Der Abt hat keine Ahnung. Er weiß lediglich, daß der Monsignore uns etwa …«

Der Abt stieß mich in die Seite und wisperte: »*Zwanzig.*«

»…ähm… einen erheblichen Geldbetrag gestohlen hat. Viele Millionen Dollar. Es ist unbedingt erforderlich, daß Vater Abt mit Kardinal Blutschpiller spricht.«

»Seine Eminenz ist im Moment nicht zu erreichen. Wenn ich mit dem Abt rede, kann ich mich vielleicht selbst um die Angelegenheit kümmern.«

»Bleiben Sie bitte am Apparat«, sagte ich schelmisch. Der Abt wartete einen Moment, bevor er sich meldete.

»Guten Abend, Vater. Hier ist der Abt von Kana.«

»Ja. Ich erkenne Ihre Stimme.«

»Wirklich?«

»Aus dem Fernsehspot. Dem mit den Krücken.«

»Ach so«, sagte der Abt. Dann wechselte er schnell das Thema. Er erklärte die Sachlage. Vater Hans hörte schweigend zu, bis der Abt auf die drei Millionen zu sprechen kam, die auf die Bank in Sizilien überwiesen worden waren. Er erkundigte sich nach dem Datum der Überweisung.

Als der Abt sein Klagelied beendet hatte, fragte Vater Hans: »Wer weiß außer Ihnen noch davon?«

»Niemand«, sagte der Abt.

»Sie werden selbstverständlich mit niemandem darüber reden. Wir führen eine gründliche Untersuchung durch. Sie bekommen Bescheid.«

Der Abt räusperte sich. »Ich bitte um Vergebung, Vater, aber ich habe mich wohl nicht klar ausgedrückt. Die Sache ist die, daß wir unser Geld zurückhaben müssen, und zwar *presto.* Wir befinden uns in einer Notlage. Als absolutes Minimum müssen an unseren Weinlieferanten in Chile telegrafisch zwei Millionen Dollar überwiesen werden – und zwar *heute* noch –, sonst kommt unser Kloster öffentlich in Verruf.«

»Das ist unmöglich«, sagte Vater Hans. »Eine eingehende Untersuchung dauert auf jeden Fall Wochen.«

»Vater, wenn wir nicht auf der Stelle das Geld bekommen, ist am Freitag die Polizei hier und nimmt uns fest. Das wäre sehr schlechte Publicity nicht nur für unser Kloster, sondern auch für den Kardinal – und wenn wir uns noch so sehr bemühen, ihn da herauszuhalten. Ich fürchte, die Behörden würden sehr bald erfahren, daß der persönliche Bevollmächtigte des Kardinals, seine rechte Hand, einen Orden armer, einfacher Mönche bestohlen hat.«

Es folgte ein langes Schweigen. »Der Kardinal würde sicher einen öffentlichen Skandal vermeiden wollen. Ich kann Ihnen im Vertrauen mitteilen, daß Seine Eminenz bezüglich des Monsignore gewisse Bedenken hegte. Er hatte vor – auch das kann ich Ihnen mitteilen –, Ihr Kloster unangemeldet zu visitieren. Selbst der Monsignore wußte nichts davon.«

»Doch«, entgegnete der Abt, »der Monsignore wußte sehr wohl, daß der Kardinal diese Woche kommen sollte. Er hat es uns am Freitag selbst gesagt. Ja, er hat die Gelegenheit wahrgenommen, uns Vorhaltungen über unsere moralischen Verfehlungen zu machen.«

»Unmöglich«, sagte Vater Hans. »Von uns hat er davon nichts erfahren. Der Kardinal hat ausdrücklich erklärt, daß seine Visitation geheimgehalten werden soll.«

»Nun, offenbar wurde sie *nicht* geheimgehalten, und offenbar ist der Monsignore deshalb verschwunden. Mitsamt unserem Geld. Wofür sein Vorgesetzter natürlich die Verantwortung trägt.«

»Ich will tun, was ich kann. Faxen Sie mir umgehend alle Ihre Unterlagen zu, vor allem diejenigen, die die Geldüberweisung an die sizilianische Bank betreffen.«

Die Bedeutung des sizilianischen Kontos wurde am nächsten Morgen, dem Dienstag, offenbar.

Als ich mit dem Abt über den Parkplatz zum Pilgerzentrum ging, das wir wieder geöffnet hatten, um wenigstens ein paar Einnahmen zu erzielen, fielen mir zwei Männer in dunklen Anzügen auf, die an einer geparkten Limousine lehnten. Mein erster Gedanke war, daß das Bundesamt für Alkohol, Tabak und Schußwaffen seinen Freitagstermin plötzlich vorverlegt hatte. Doch als die Männer näher kamen, sahen sie irgendwie gar nicht nach Bundesbehörde aus. Polizeibeamte tragen in der Regel keine italienischen Slipper zu sechshundert Dollar.

»Entschuldigung – Vater?« sagte der mit der Sonnenbrille.

»Ja«, sagte der Abt.

»Sie sind hier der Abt, stimmt's? Der aus der Werbung?« Er hatte einen New Yorker Akzent.

»Ja«, strahlte der Abt.

»Toller Spot. Meine Frau hat gleich eine Kiste bestellt – für ihren Ischias.«

»Ach so«, sagte der Abt. »Machen Sie sich mal keine Sorgen, wir sind schon dabei, die Bestellungen auszuführen. Die Nachfrage ist ganz enorm. Aber ich versichere Ihnen, daß sie die Lieferung in allernächster Zeit erhält.«

»Danke. Das freut mich sehr. Ich werd's ihr sagen. Aber wir haben den langen Weg hierher nicht gemacht, um Sie damit zu belästigen. Wir suchen Monsignore Maraviglia.«

Einen Moment lang dachte ich, vielleicht hätte sie der Kardinal geschickt, aber sie sahen irgendwie auch gar nicht nach Vatikan aus. Die Schweizergarde in Zivil hätte ich mir anders vorgestellt.

»Wenn ich fragen darf – wer sind Sie denn?« erkundigte sich der Abt.

»Wir haben eine persönliche Angelegenheit mit dem Monsignore zu regeln.« Er streckte die Hand aus. »Johnny Corelli. Das ist mein Partner, Mr. Scarpatti. Aus Palermo. Entschuldigen Sie die Störung, aber wir konnten den Monsignore nicht erreichen. Wir müssen unbedingt mit ihm reden. Normalerweise suchen wir unsere Klienten nicht am Arbeitsplatz auf.«

»Nun, sein Arbeitsplatz ist eigentlich der Vatikan, in Rom.«

»*Non sta là*«, sagte Mr. Scarpatti. »Nicht da.« Ich erkannte die rauhe Stimme vom Anrufbeantworter.

»In welcher Angelegenheit wollen Sie den Monsignore denn sprechen?« fragte der Abt.

»Er schuldet Mr. Scarpatti Geld.«

»Wofür?«

Mr. Scarpatti sagte: »*Calcis.*«

»Er schloß gern Fußball-Wetten ab«, erläuterte Corelli. »Mit hohen Einsätzen.«

»AC Milano«, sagte Scarpatti. »Seine Mannschaft. Nicht soviel gewonnen dies Jahr.«

Da mischte ich mich ein. »Ich hab das Ende von dem Spiel gegen Stuttgart gesehen.«

Scarpatti verdrehte die Augen. »*Buffoni!*[41] Für Milano – eine Schande. Für den Monsignore – *puh*!«

»Er hat immer weiter verloren, darum hat er immer höher gewettet. Das kommt vor«, sagte Corelli.

»Wieviel schuldet er Ihnen?« fragte der Abt.

»Er steht bei vier Millionen.«

»Vier *Millionen*?« rief der Abt. »Warum lassen Sie bei einem Priester so eine Rechnung auflaufen?«

»Er war ein guter Kunde. Aus guter Familie. Sein Vater hat früher mit Mr. Scarpattis Vater Geschäfte gemacht. Hat ja einen hohen Posten da im Vatikan. Bis jetzt hat er immer gezahlt. Vor ein paar Monaten hat er drei Millionen abbezahlt.«

»War das zufällig«, wagte ich eine Vermutung zu äußern, »eine telegrafische Geldanweisung an die Bank von Palermo?«

»*Si*«, sagte Scarpatti.

»Aber das ist *unser* Geld!« rief der Abt.

---

[41] Ital.: »Trottel«

Da war also unser Geld im Augenblick. Ich betrachtete Scarpattis ausdruckslose Miene und dachte, *und da wird es wohl auch bleiben.*

»Vater«, sagte Corelli. »Wo das Geld herkommt, geht uns nichts an.«

»Aber uns geht es was an«, sagte der Abt. »Es ist unser Geld, und wir müssen es wiederhaben.«

»Vater«, sagte Corelli, »ich glaube, wir sollten unsere Zeit nicht damit verschwenden, uns über dieses Geld den Kopf zu zerbrechen.«

»Na schön.« Jetzt stellte der Abt sich auf die Hinterbeine. »Dann sehe ich auch keinen Grund, meine Zeit mit einer Erörterung über den Verbleib von Monsignore Maraviglia zu verschwenden.«

In dem Moment fuhr ein dunkler Lieferwagen auf den Parkplatz und hielt neben uns an. Als die Tür aufging, kam ein stämmiger Mann mit einer Fernsehkamera auf der Schulter zum Vorschein. Er sprang heraus, und hinter ihm erschien die amerikanische Version eines Franz Kardinal Blutschpiller. Da hörte ich die berühmte Stimme auch schon sagen: »Mike Wallace von *60 Minutes.* Sie haben nicht auf unsere Anrufe und Briefe reagiert. Ich würde Ihnen gern ein paar Fragen stellen zu den schweren strafrechtlichen Vorwürfen …«

Hier hielt Mike Wallace mitten in der Attacke inne, und seine Miene verriet blankes Entsetzen. Auf einmal waren vier bullige Männer hinter dem CBS-Wagen aufgetaucht. Den Accessoires in ihrer Hand nach zu urteilen, waren sie Kollegen der Herren Corelli und Scarpatti. Mike Wallace und sein Team blickten plötzlich in die Mündung eindrucksvoller Pistolen und Maschinenpistolen. Ich hatte den

Eindruck, daß dies die erste Gegenattacke war, die Mike Wallace einstecken mußte. Ausnahmsweise fehlten einmal ihm die Worte.

»Schon gut, Jungs«, sagte Corelli zu seinen Leibwächtern. »Das ist Mike Wallace. Vom Fernsehen.«

Die Leibwächter ließen die Waffen sinken.

»Mike«, sagte Corelli, »Sie sollten sich wirklich nicht so an die Leute ranschleichen. Die kommen sonst noch auf falsche Ideen.« Er grinste. »So was gehört sich einfach nicht.«

»Ich hatte ein paar Fragen an den Abt«, sagte Mike Wallace leicht zittrig.

»Und das gibt Ihnen das Recht, uns zu unterbrechen? Die Patres und ich waren mitten im Gespräch. Würde Ihnen das gefallen, wenn Sie sich mit einem Priester unterhalten, und da komm' ich aus einem Lieferwagen gesprungen? Na, hab ich recht?«

Links von mir die Mafia, rechts *60 Minutes* – genau das ruhige und beschauliche Leben, das ich hier gesucht hatte, um der irdischen Welt zu entfliehen. Ich stellte mir schon Mike Wallace' Anmoderation für seinen Bericht über uns vor: *In diesem außergewöhnlichen Kloster wurden wir von dem Abt, vier schwerbewaffneten Männern und einem Herrn empfangen, der für die Polizeibehörden als Capo oder Boß der...*

»Meine Herren«, sagte der Abt. »Bitte. Mike, ich beantworte Ihnen gleich gern alle Fragen. Aber Mr. Corelli war wirklich zuerst hier. Er gehört zu den frommen Pilgern, die aus aller Welt zu uns nach Kana kommen. Ihm liegt sehr daran, daß seine Frau, Mrs. Corelli, unseren Wein bekommt, da sie an Ischias leidet. Wir behaupten natürlich nicht, Mike, daß unser Wein eine heilende Wirkung...«

»Da ist das BATF aber…«

»Mike, bitte. Alles zu seiner Zeit. Lassen Sie mich mein Gespräch mit Mr. Corelli zu Ende führen.« Damit geleitete der Abt Corelli und Scarpatti zu ihren Autos, und die vier Leibwächter folgten brav hinterdrein. Der Abt und Corellli sprachen eine Weile sehr intensiv miteinander. Ich sah, wie Corelli etwas auf einen Zettel schrieb, den er dem Abt dann gab. Als sie in ihre Limousinen stiegen, segnete der Abt sie zum Abschied mit einem kleinen Kreuzeszeichen.

Dann kam er wieder zu uns und klatschte dabei herzhaft in die Hände. »Wir haben hier die unterschiedlichsten Pilger – aus allen Lebensbereichen.«

»Wie dem Mob, zum Beispiel?«

Der Abt lächelte holdselig. »Darüber steht uns kein Urteil zu, Mike. Hat unser Herr je einen Menschen abgewiesen? Wir sind berufen, allen zu dienen, die hier Trost suchen, Königen wie Bettlern, Heiligen wie Sündern – selbst Journalisten.«

»Vater, das Bundesamt für Alkohol, Tabak und Schußwaffen ermittelt gegen Ihr Kloster wegen mehrerer *äußerst* gravierender Vorwürfe. Sie sollen fremden Wein als Ihren eigenen ausgeben. Sie sollen Geld kassieren und dann die Bestellungen nicht ausführen. Und dazu noch die *eklatant* strafbare Behauptung aufstellen, Ihr Wein würde die Menschen *heilen*. Was haben Sie zu diesen Vorwürfen zu sagen? Was geht hier vor?«

»Mike, Sie stellen hervorragende Fragen.« Das heitere Lächeln des Abts wich nicht von seinem Gesicht. Mir fiel auf, daß ich dieses Lächeln schon einmal gesehen hatte, und zwar auf einem Videoband, das der Abt uns gezeigt hatte. Es war das unerschütterliche Lächeln von Dr. med. Deepak

Chopra. »Und wir beantworten sie von *Herzen* gern. Mike, wir haben *in der Tat* ein Problem hier in Kana. Seit wir den Menschen unsere Botschaft der Hoffnung, Ganzheitlichkeit und Heilung über Ihr ureigenstes Medium, das Fernsehen, verkünden, ist das Echo schier überwältigend. So viele Menschen haben unsere gebührenfreie Nummer gewählt – sie lautet 1-800-TRY-KANA, daß unser kleines Kloster dem Andrang kaum gewachsen war.«

»Moment, wollen Sie damit sagen …«

»Exakt! Damit will ich sagen, wer nicht *auf der Stelle* zum Hörer greift und 1-800-TRY-KANA wählt, für den ist es vielleicht schon zu spät, unseren herrlichen Wein zu bestellen. Es gibt so viele Menschen draußen im Lande, die nach einem preiswerten, körperreichen Wein dürsten, der zu fast allen Speisen und Gelegenheiten paßt und obendrein das Gefühl vermittelt …«

»Augenblick mal, Sie sagen also, Sie haben den Leuten das Geld abgenommen und trotzdem nicht …«

»Exakt, Mike. Ich will sagen, das Bedürfnis nach Hoffnung, Ganzheitlichkeit und Heilung ist so groß draußen im Lande, daß wir wenigen Mönche alle Hände voll zu tun haben, um mit der Produktion nachzukommen. Ich verrate Ihnen jetzt etwas, das ich wahrscheinlich lieber für mich behalten sollte. Man hat uns gesagt, daß wir einen großen Fehler machen.«

»Sie meinen …«

»Exakt. Man hat uns immer wieder gesagt – *erhöht eure Preise*! Aber das tun wir nicht, Mike. Wenn ein Mensch draußen im Lande Schmerzen leidet, und er macht sich die Mühe und wählt 1-800-TRY-KANA …«

»*Schnitt*«, sagte Mike Wallace zu seinem Kameramann.

»Stell' das Ding ab. Stell'...« – er wedelte aufgebracht mit der Hand – »bloß das Ding ab.«

Der Abt lächelte ihn an. »Exakt, Mike.«

»Hören Sie mal, Vater, ich bin eigentlich nicht hergekommen, um Ihr nächstes Infomercial aufzunehmen.«

»Ach nein? Dabei haben Sie Ihre Sache so gut gemacht. Das wird doch hoffentlich bald gesendet?«

»Also, unser Bericht steht nächsten Sonntag auf dem Programm.«

Mir schien, als sähe ich hinter der heiter-friedlichen Maske des Abts ganz kurz Panik aufflackern. Doch er lächelte tapfer weiter. »Oh«, sagte er. »Gut. Das ist... gut.«

»Und da bringen wir diese Vorwürfe an die Öffentlichkeit. Ich wollte Ihnen hier die Gelegenheit geben, die Vorwürfe zu widerlegen. Können wir die Kameras wieder anstellen?«

»Warten Sie einen Moment«, sagte der Abt. »Die Sache ist die: Wir hatten ein paar Schwierigkeiten mit der Produktion. Das ist der Hauptpunkt. Die gesundheitsrechtlichen Bestimmungen, die Geschichte mit der Etikettierung, das ist alles Interpretationssache, und ich bin zuversichtlich, daß das BATF das schlußendlich fallenläßt – Hauptsache, wir fangen am Freitag an, Ware auszuliefern. So ist es ausgemacht. Wir haben die Herren eingeladen, am Freitag mit dabeizusein. Ich lade auch Sie hiermit ein. Kommen Sie wieder, sehen Sie zu, wie die Flaschen vom Fließband rollen, und dann beantworte ich alle Ihre Fragen.« Das holdselige Lächeln verschwand. »Sie wollen doch sicher *sämtliche* Fakten haben, Mike, ehe Sie übereilt mit etwas auf Sendung gehen, das hundert Millionen Katholiken als Beleidigung auffassen müssen.« Jetzt war das holdselige Lächeln wieder da. »Und unsere Anwälte womöglich auch.«

Mike Wallace merkte offenbar, daß er hier auf einen ebenbürtigen Gegner gestoßen war. Er nickte. »Okay, Freitag. Um welche Zeit?«

»Dem BATF haben wir gesagt, zwölf Uhr mittags. Dürfen wir mit Ihrem Erscheinen ebenfalls rechnen?«

»Exakt.«

Den restlichen Dienstag über taten der Abt und ich, was Mönche von alters her tun – wir bettelten.

Entweder waren wir aus der Übung, oder zwei Millionen Dollar waren ein bißchen viel verlangt. Señor Baeza von der Weinkellerei war nicht geneigt, mein jämmerliches Flehen um Kredit zu erhöhen. »*Lo siento, Fray Ty*«, sagte er, »aber in Anbetracht Ihrer Zahlungsschwierigkeiten in der Vergangenheit ist das unmöglich. Der Wein kann den Hafen nicht verlassen, bis das Geld auf unserem Konto ist.«

Im Vatikan hatten wir auch nicht mehr Glück. Vater Hans erklärte dem verzweifelten Abt: »Wir sind uns über Ihre terminlichen Rücksichten völlig im klaren. Seien Sie versichert, daß wir diese Angelegenheit – unter Einhaltung der notwendigen Formalitäten – so zügig wie irgend möglich vorantreiben.« Der Abt übersetzte sich das als: »Wir werden in absehbarer Zeit überhaupt nichts tun.«

In der Nacht fand ich keinen Schlaf. Nach dem Abendgebet ging ich in mein Büro und heizte die Computer an. Es war höchste Zeit, Unseren Broker anzurufen.

Ich startete BREVNET, unser Spezialprogramm zur Abstimmung der Lesungstexte in unserem Brevier mit den Nachrichten aus der internationalen Finanzwelt. Bis in die frühen Morgenstunden klickte ich in dem verzweifelten Bemühen herum, irgendwo auf der Welt eine Marktentwicklung zu finden, die zu einer Schriftlesung paßte, doch alles vergebens. Um zwei Uhr morgens, als ich vor Müdigkeit kaum noch aus den Augen schauen konnte, ließ ich Brevnet im Deepsearch-Modus weiterlaufen, um den Suchradius zu erweitern. Während der Rechner an die Arbeit ging, nickte ich ein.

Es dämmerte bereits, als mich der Computer mit den Glocken von Notre Dame weckte, und dann kam eine Stimme und sprach: »Halleluja, halleluja! Wir haben einen Treffer!« (Ich hatte Brevnet so programmiert, daß Funde durch einen Tusch angekündigt wurden). Ich sah auf den Monitor.

Breviertext
Lesung Matutin heutiges Datum
Und Jesus ging in den Tempel, fing an und trieb aus die Verkäufer und Käufer in dem Tempel; und die Tische der Wechsler *und die Stühle der* Tauben*krämer stieß er um.*
Markus 11,15

Paralleltext
Lombard Telegrammdienst
Bonn. – An den Devisenbörsen wird damit gerechnet, daß die Wechselkurse weltweit in Bewegung geraten, wenn die Deutsche Bundesbank auf ihrer Sitzung am Donnerstag die währungspolitischen Weichen stellt. Die zwei neu bestellten Mitglieder des Zentralbankrats bezeichnen sich als finanzpolitische »Tauben«. *Sie vertreten eine Politik der Lockerung der Geldmenge, was eine Schwächung der Deutschen Währung gegenüber dem Dollar zuläßt. Mit größeren Mengen der Deutschen Mark wird um 11:15 gerechnet,*

für diesen Zeitpunkt wurde eine Verlautbarung über die Sitzung des Zentralbankrats in Aussicht gestellt.

Ich sah mir die Märkte an und stellte fest, daß die Währungsspekulanten bereits auf einen Kursverfall der Deutschen Mark setzten – die sogenannten »Tauben« waren im Aufwind. Und dennoch deutete die Schriftlesung des heutigen Tages anscheinend darauf hin, daß sich die Hoffnungen der Devisenspekulanten, der »Wechsler« dieser Welt, zerschlagen würden – die Sitzung der Bundesbank morgen früh würde eine Niederlage der »Tauben« bedeuten.

Das war alles ein bißchen viel auf einmal um fünf Uhr morgens. Irgendwie kam mir das Ganze ziemlich verzwickt vor. Früher hatte Unser Broker uns einfachere Tips gegeben. Doch wer nur noch 48 Stunden hat bis zum Jüngsten Gericht, der darf nicht wählerisch sein. Ich ging zum Abt.

Der Abt nahm den Computerausdruck gründlich in Augenschein. Dann sah er mich aufgeregt an.

»In Bewegung geraten ... Lockerung der Geldmenge – das ist es! Genau das steht in den *Sieben geistigen Gesetzen des Erfolgs*!« Damit lief er zum Bücherregal, zog den Band heraus und las vor:

»Das Wort Überfluß hat die Wurzel ›fließen‹. Das Wort bedeutet also, daß etwas überfließt oder überreich fließt. Im Grunde ist das Geld ein Sinnbild der Lebensenergie, die wir austauschen... Auch der Begriff ›Geldumlauf‹ drückt das Fließen der Energie aus.«

Wie üblich hatte ich keine Ahnung, wovon er redete. »Hör' mal, Vater«, sagte ich, »ich weiß, wir haben alle eine harte

Zeit hinter uns, aber wir sollten doch trotzdem weiter klar denken.«

»Was könnte klarer sein als das?« Er versetzte dem aufgeschlagenen Buch einen nachdrücklichen Klaps. »Verstehst du denn nicht? Deepak stimmt dem Lesungstext aus dem Brevier zu!«

»Da wird Unser Herr aber sehr erleichtert sein«, sagte ich. »Dann bist du also dafür? Du willst unser ganzes Geld darauf setzen, daß die D-Mark sich morgen früh überraschend erholt?«

Wieder studierte der Abt den Ausdruck mit gerunzelter Stirn. »Ja«, entschied er schließlich. »Es ist alles ... vollkommen klar.«

»Das will ich auch hoffen«, sagte ich. Ich ging und rief Bill an, er solle uns D-Mark-Verkaufsoptionen besorgen.

»Du hast noch hundertfünfundneunzig und ein paar Zerquetschte auf dem Konto«, sagte Bill. »Wieviel willst du?«

»Ich drück' es mal so aus, wir müssen bis morgen zwei Millionen daraus machen.«

»Ist deine Quelle da ganz sicher?«

»Ja«, seufzte ich. »Offenbar sind die beiden sich sogar einig.«

»Herr im Himmel, du hast sogar zwei?« Ich hörte ihn auf der Tastatur herumklicken. »Okay, das sind genau 58 Optionsscheine zu je einem Punkt ... 195 000 Dollar. Die Sache geht klar.«

Und wieder fand ich nicht viel Schlaf. Am Donnerstag wachte ich lange vor dem ersten Morgenlicht auf. Die Matutin schwänzte ich, ging in mein Büro und tigerte nervös vor meinen Computern auf und ab, während ich auf die Erklärung der Deutschen Bundesbank wartete. Um 6 Uhr 17 Ortszeit blitzten auf meinem Monitor die Kurznachrichten von Reuters auf:

Bundesbank senkt Lombardsatz um 0,25 Prozent

Bonn. – Erwartungsgemäß hat der Zentralbankrat in Deutschland heute die Leitzinsen gesenkt. Die Kürzung um einen Viertelpunkt, die nach der Sitzung am Donnerstag bekanntgegeben wurde, ist ein Sieg für die sogenannten »Tauben«…

Ich konnte nicht weiterlesen. In verzweifelter Hoffnung schaltete ich einen anderen Monitor an, um zu schauen, wie sich die D-Mark machte. Vielleicht setzte sie ja doch zu einem Höhenflug an, allen Gesetzen der ökonomischen Schwerkraft zum Trotz. Unser Broker und der weise Dr. med. Deepak Chopra hatten sicher die Macht, ihr Flügel zu verleihen. Aber nein, die Gesetze der ökonomischen Schwerkraft funktionierten an diesem Morgen tadellos. Die D-Mark war am Abstürzen – und wir mit.

Ich saß noch immer wie betäubt vor dem Monitor, als der Anruf kam, und zwar nicht von Unserem Broker. Es war unser Broker Bill mit der Nachricht, daß wir ruiniert waren.

»Tja«, sagte er, »dann ist deine Quelle wohl doch nur ein Mensch.«

»Einer von beiden ganz bestimmt«, gab ich verdrießlich zurück. »Unsere Optionsscheine sind also wertlos.«

»Yeah. Tut mir leid.«

»Haben wir noch irgend etwas übrig?«

»Moment… tja, ähm, eigentlich nicht. Drei null fünf.«

»Drei Dollar und fünf Cents?«

»Nein«, sagte Bill im Bemühen, einen munteren Ton anzuschlagen, »dreihundertundfünf Dollar.«

Der Abt las den Mönchen beim Frühstück vor, als ich mich in das Refektorium stahl. Bei meinem Anblick hielt er mitten im Satz inne.

»Bringst du uns neue Nachrichten, Bruder Ty?« Die Mönche sahen mich erwartungsvoll an.

»Ja, Vater. Ich habe eine gute Nachricht und eine schlechte Nachricht.«

»Zuerst die gute.«

»Langfristig gesehen«, sagte ich, »weist unser Portfolio ein eindeutiges Wachstum auf.« Diesen Spruch hatte ich gegenüber meinen verzweifelten Klienten im Maklergeschäft oft gebraucht. »Du erinnerst dich, daß unser Portfolio vor drei Jahren, als du das Vermögen von Kana vertrauensvoll in meine Hände legtest, 304 Dollar betrug. Bis zum heutigen Vormittag ist es auf... 305 Dollar angewachsen.«

»Tolle Leistung, Bruder«, stieß der Abt hervor und hielt sich an seinem Pult fest. »Damit ist die schlechte Nachricht wohl gleich mit erledigt.«

Ich erklärte den Mönchen, daß wir unsere auf die Deutsche Mark gesetzten 195 000 Dollar verloren hatten.

»Wir ließen uns dabei von unserem Brevier leiten sowie« – hier schlich sich ein Hauch von Ärger in meinen Ton – »von dem internationalen Währungsexperten Dr. med. Deepak Chopra.«

»Moment mal. Deepak darfst du die Schuld nicht in die Schuhe schieben«, erwiderte der Abt. »Er hat uns lediglich ermuntert, in Devisen zu investieren. Daß die D-Mark steigt, hat dein Brevier dir erzählt.«

Ich wollte protestieren, doch der Abt winkte nur müde ab.

»Halten wir uns nicht mit Schuldzuweisungen auf, Bruder. Die Frage ist nicht, was war. Die Frage ist, was nun?«

»Kisangani«, murmelte Bruder Bob.

»Ich hab das wohl gehört«, sagte der Abt. Er zog seine alte, verkohlte Ausgabe von ZUM WOHL aus den Falten seines Habits. »Wir dürfen jetzt nicht den Glauben verlieren.« Er schlug es aufs Geratewohl auf und begann zu lesen:

»T steht für Talentschuppen. Zur Maximierung der Kreativität und Optimierung des Service sollte man sich einen Talentschuppen zulegen, d. h. einen erlesenen Zirkel von Personen mit den verschiedensten außergewöhnlichen Talenten und Fähigkeiten, so daß die Gesamtheit der individuellen Talente größer ist als die Summe ihrer Teile.«[42]

Der Abt sah uns an. »Seht nur, was hier an Talent versammelt ist. Seht euch die Ressourcen in unserer eigenen Bibliothek an – nie hat es irgendwo eine erlesenere Sammlung dieser Art gegeben. Wir sitzen hier in dem Alexandria der Lebenshilfeliteratur. Hilf dir selbst, dann hilft dir Gott – wenn das stimmt, dann kann uns nichts passieren. Auf, Brüder! Es gibt viel zu tun!«

Drei Stunden später versammelten wir uns um den Mahagonitisch im Calefactorium. Laut Anweisung des Abts sollte jeder Mönch einen aus dem Werk eines speziellen Autors gewonnenen »Aktionsplan« präsentieren. Jetzt ermahnte er uns noch einmal:

»Brüder, in spätestens vierundzwanzig Stunden muß

[42] *Der kreative Weg zum Wohlstand,* S. 52

hier der Wein fließen.« Er schmunzelte selbstgewiß in sich hinein. »Es geht hier nicht um das *Ob*, sondern um das *Wie*. Der Wein *wird* fließen – von dort, wo er im Augenblick ist. Wir brauchen lediglich einen Plan. Wer fängt an?«

Da sich niemand freiwillig meldete, rief der Abt Bruder Theo auf, unsere Autorität auf dem Gebiet der *Sieben Wege zur Effektivität*.

»Bruder«, sagte der Abt, »du weißt, ich bin kein Coveyaner, doch über Sektierertum sind wir jetzt erhaben. Mit einem Wort – was sollen wir tun?«

Bruder Theo stand auf und räusperte sich. »Es ist mir zwar nicht definitiv gelungen, einen ›Aktionsplan‹ aufzustellen, doch bin ich zuversichtlich, daß wir auf der Basis von Coveys fundamentalen Prinzipien einen Plan entwerfen können. Dieses Buch steht seit mehr als fünf Jahren auf der Bestsellerliste der *New York Times*. Es enthält unschätzba...«

»Bruder«, sagte der Abt. »Wir haben nur noch vierundzwanzig Stunden Zeit. Komm in die Gänge.«

»Also gut. Wie ich die Sache sehe, brauchen wir nur den sieben Wegen zur Effektivität zu folgen. Erstens: ›Pro-aktiv sein.‹ Zweitens: ›Schon am Anfang das Ende im Sinn haben.‹ Drittens: ›Das Wichtigste zuerst.‹ Viertens: ›Gewinn/Gewinn denken.‹ Fünftens: ›Erst verstehen, dann verstanden werden.‹ Sechstens: ›Synergie erzeugen.‹ Siebtens: ›Die Säge schärfen.‹«

Bruder Bob beugte sich zu mir herüber und fragte: »Hat das der Sultan nicht auch gesagt?«

»Also...«, fuhr Bruder Theo fort. Er räusperte sich noch einmal. »Wie ich die Sache sehe, müssen wir pro-aktiv sein und erst verstehen... wie wir die wichtigste Kiste Wein... schon am Anfang... mit Synergie...«

»Danke, Bruder Theo«, sagte der Abt. »Bruder Alban?«

Bruder Alban, unser Hausgelehrter in Sachen Napoleon Hill, stand auf und hielt ein Exemplar von *Denke nach und werde reich* hoch. »Dieses Buch hat 42 Auflagen erlebt und über sieben Millionen *ausgesprochen effektive* Leser gefunden.« Dabei bedachte er Bruder Theo mit einem hinterhältigen Lächeln.

»Mein Text für den heutigen Tag stammt aus dem Abschnitt mit dem Titel ›Sechs Schritte, um Wünsche in Gold zu verwandeln:

1. Bestimme im Geiste den exakten Geldbetrag, den du dir wünschst.
2. Lege exakt fest, was du für den gewünschten Betrag zu geben *gedenkst.*
3. Lege ein endgültiges Datum fest, wann du das gewünschte Geld besitzen willst.«

»Ich würde 12 Uhr 20 vorschlagen«, sagte der Abt mit einem Blick auf die Uhr.

Bruder Alban fuhr fort:

»4. Stelle einen festen Plan auf, wie du deinen Wunsch verwirklichen willst.
5. Notiere klar und präzise, wieviel Geld du zu erlangen gedenkst.
6. Lies dir deine schriftliche Aussage jeden Tag zweimal laut vor, einmal abends kurz vor dem Zubettgehen und einmal morgens gleich nach dem Aufstehen. Beim Lesen mußt du sehen und fühlen und glauben, daß du bereits im Besitz des Geldes bist.

Also«, sagte Bruder Alban, »ich meine, wir sollten den Betrag schriftlich niederlegen und ihn heute beim Abendgebet vorsingen.«

Der Abt rieb sich die Schläfen. »Bruder Alban, schreib' doch die Zahl $2 Millionen mal auf und faxe sie an die Weinkellerei in Chile. Wenn die sich das vorsingen, dann glauben sie vielleicht, sie seien bereits im Besitz des Geldes.«

Und so ging es weiter – ein Experte war nutzloser als der andere. *Wie man Freunde gewinnt* erbrachte nichts, *Reichtum ohne Risiko* war Fehlanzeige, *Mit den Haien schwimmen* desgleichen, *Deine unendliche Anlage zum Reichtum* erbrachte auch nichts, und nicht einmal *Der kreative Weg zum Geld* konnte uns helfen.

Schließlich wandte sich der Abt schweren Herzens an Bruder Gene, seine alte robbinistische Nemesis. »Nun, Bruder«, meinte er sarkastisch, »hast du deine wahren inneren Kräfte zum Leben erweckt?«

»Vielleicht darf ich Vater Abt daran erinnern«, schnaubte Bruder Gene wütend, »daß Anthony Robbins die geistige Elite Amerikas beraten hat ...«

»Persönlichkeiten wie Leeza Gibbons und Ben Vereen – ja, Bruder, wir haben das Infomercial gesehen. Aber wie können *wir* von den wahren inneren Kräften profitieren?«

Bruder Gene sagte: »Kapitel 22. Die Sterne am Finanzhimmel: Kleine Schritte zu einem kleinen (oder großen) Vermögen.«

»Für mich ein großes, bitte«, warf der Abt ein.

Bruder Gene las:

»Schauen wir uns noch einmal die fünf elementaren Lektionen zur Schaffung bleibenden Wohlstands an...

1. Der erste Schlüssel ist die Fähigkeit, ein größeres Einkommen zu erzielen als je zuvor, die Fähigkeit, Wohlstand zu schaffen...
2. Der zweite Schlüssel besteht darin, den Wohlstand zu pflegen...
3. Der dritte Schlüssel besteht darin, den Wohlstand zu mehren..
4. Der vierte Schlüssel besteht darin, den Wohlstand zu sichern...
5. Der fünfte Schlüssel besteht darin, den Wohlstand zu genießen.«

»Bruder«, meinte der Abt. »Diese inneren Kräfte sind mir zu schön, um wahr zu sein.«

»Dann sag du es uns, Vater Abt – kläre uns auf. Was weiß Dr. med. Deepak Chopra dazu zu sagen, wie wir unseren Wein aus dem Hafen von Newark herausbekommen?«

»Also«, verkündete der Abt naserümpfend, »Besseres als *die* habe ich allemal zu bieten.« Er blätterte in ZUM WOHL, dann griff er zu den *Sieben geistigen Gesetzen des Erfolgs.* »Wie wär's mit... hmmm... Seite 44... ›Das Gesetz der Karmas *kannst du jederzeit dazu nutzen, Geld und Wohlstand zu schaffen und zu bewirken, daß alles Gute dir entgegenströmt.*‹ Ja, und am Ende des Kapitels gibt es eine Übung dazu.

›*Ich werde das* Gesetz des Karmas *in Kraft setzen, indem ich mich verpflichte, die folgenden Schritte zu unternehmen: 1) Ich will heute bewußt verfolgen, welche Wahl ich in jedem einzelnen Moment treffe. 2) Bei jeder Wahl will ich mir zwei Fragen stellen: ›Was sind die Konsequenzen dieser Wahl?‹ und ›Wird diese Wahl mir wie auch an-*

deren, die davon betroffen sind, Glück und Erfüllung bringen?‹«

Der Abt hielt inne und las sich das noch einmal durch. Dann fuhr er fort: »›*3) Dann will ich mein Herz befragen und mich davon leiten lassen, ob es mir von Behagen oder von Unbehagen kündet. Wenn die Wahl Behagen auslöst, will ich rückhaltlos zur Tat schreiten.*‹«

Feierlich schlug der Abt das Buch zu.

»Wirklich eine große Hilfe«, sagte Bruder Gene.

»In der Tat«, sagte der Abt. »In der Tat. Mein Herz ist voller Behagen bei der Wahl, die ich jetzt treffe.« Er nahm seine zwei Bücher und warf sie ins Feuer, und dies mit einer gewissen Hitzigkeit. Ich sah zu, wie die Flammen ZUM WOHL zu

WO

DEEP OPRA

und dann zu Asche verwandelten. Von seinen sieben geistigen Gesetzen des Erfolgs würde auch bald keins mehr übrig sein.

»Ist hier ein Brevier im Haus?« fragte der Abt. »Ihr wißt schon, so eins, wo die Worte Unseres Herrn drinstehen?« Ich reichte ihm meins. Er nahm es, schlug es auf und las den letzten Börsentip Unseres Brokers vor, nur las er diesmal weiter und schloß mit den Worten Jesu, nachdem dieser die Tische der Wechsler umgestoßen hatte: *»Mein Haus soll heißen ein Bethaus allen Völkern, ihr aber habt eine Räuberhöhle daraus gemacht.«*

Damit ergriff er den Tisch an seiner Seite und hob ihn an, so daß auf der anderen Seite alle Bücher hinunterfielen. Ein Gott der Lebenshilfe nach dem anderen landete mit dumpfem Knall auf dem Marmorboden.

Am Nachmittag ging ich zum Abt, nachdem ich weitere fruchtlose Stunden am Telefon verbracht und um Geld und Wein gebettelt hatte. Ich fand ihn ausgerechnet in der Weinkellerei, im oberen Faßlager. Es war seit Ewigkeiten das erste Mal, daß er sich für unseren hausgemachten Wein interessierte. In Anbetracht der Umstände wirkte er erstaunlich gefaßt.

»Weißt du, Ty, das war ein tolles Gefühl. Ich hatte ja keine Ahnung, daß Bücherverbrennen so befriedigend sein kann. Jetz seh' ich Savonarola[43] in einem ganz neuen Licht.«

»Du warst großartig in Form«, sagte ich. »Was machst du denn hier?«

»Ich wollte mal nachschauen, wieviel wir noch von unserem selbstgemachten Gesöff haben.« Er spähte über den Rand des Tanks mit Kana-Wein, der die Tröpfelmaschine speiste. »Pfui bäh«, sagte er. »Klassischer Kana. Körperreich, mit einem Hauch von Rost, Tetanus und Tang. Wollten wir dagegen nicht etwas unternehmen?«

»Wir wurden leider abgelenkt.«

Der Abt las die Füllmengenanzeige ab. Es waren rund 25 Hektoliter.

»Wenn wir das in den Haupttank umleiten – wie lange können wir dann das Fließband laufen lassen?«

»Vielleicht eine dreiviertel Stunde.«

Der Abt überlegte. »Das könnte reichen. Wie lange kann man zusehen, wie Flaschen vom Fließband rollen, ohne daß es langweilig wird?«

»Beten wir, daß das BATF und *60 Minutes* nur eine be-

---

[43] Italienischer Mönch und Bußprediger aus dem 15. Jh., berühmt für seine »Fegefeuer der Eitelkeiten«, bei denen Ketzerschriften verbrannt wurden.

grenzte Aufmerksamkeit haben. Und daß sie nicht davon probieren wollen.«

»Ach, sollen sie ruhig probieren. Damit wäre unser Problem gelöst.«

»Wie das?«

»Dann wären sie vergiftet.« Der Abt stieg die Leiter hinunter. Wir öffneten ein Ventil, das den Wein in den unteren Tank ablaufen ließ. »Soweit ist es nun also gekommen«, sagte er. »Wir füllen unseren eigenen Wein ab.«

»Not kennt kein Gebot.«

»Ich versuch' immer noch, diesem knickerigen Kraut von Vater Hans das Geld abzuknöpfen. Er wird nicht müde, mir zu erzählen, die Überprüfung sei im Gange. Jetzt begreife ich, warum es zweihundert Jahre dauert, bis jemand heiliggesprochen wird. Ich hab ihnen erklärt, daß Mike Wallace sich bei uns angesagt hat, aber das scheint im Vatikan keinen großen Eindruck zu machen. Wahrscheinlich hat Mike den Papst schon länger nicht mehr aus dem Hinterhalt interviewt.«

»Wie wär's, wenn wir unsere sizilianischen Freunde dazu bringen, da mal Druck zu machen«, schlug ich vor. »Von der Mafia hat man am Heiligen Stuhl doch bestimmt schon gehört.«

»Das wäre eine Idee.« Der Abt wischte sich die Hände ab. »Ich ruf' mal Mr. Corelli an.«

Beim Abendessen war die Stimmung gedrückt. Selbst Bruder Bob war nicht zu Kisangani-Witzen aufgelegt. Nur der Abt machte einen fröhlichen Eindruck, aber vielleicht wollte er uns einfach bei Laune halten. Als der letzte Teller geleert war, stand er auf und ging zum Lesepult.

»Brüder«, sagte er. »Ich habe es noch nicht aufgegeben, uns für morgen Wein zu besorgen. Doch die Aussichten sind, sagen wir mal, vage. Kana braucht ein Wunder. Ein richtiges Wunder. So eins, wie es in der Bibel steht. Und diesmal, meine Brüder, gehen wir die Sache auf die altmodische Tour an – wir beten dafür.«

»Was ist denn in den gefahren?« flüsterte Bruder Bob.

Der Abt verkündete, wir würden in der Nacht am Fuße des Mount Kana eine Vigilie abhalten. »So was wie eine Kerzenprozession«, erläuterte er. »Nur heller und erwärmender.« Auf seine Anweisung hin karrten wir die Bestände unserer Lebenshilfebibliothek in den Hof und schichteten sie zu einem großen Haufen. Der Abt nahm sein Aspergill[44] und sprenkelte Brennspiritus darüber. Bruder Jerome machte eine Kiste Figeac auf und schenkte allen davon ein. Dann zündete der Abt ein Streichholz an und ließ es auf den Haufen fallen. Als die Flammen emporloderten, erhob er sein Glas.

»Brüder von Kana, ich trinke auf das Fegefeuer der Blödsinnigkeiten!«

Wir brachen allesamt in Jubel aus. Bruder Gene ging zum Abt, hielt sein *Robbins Power Prinzip – Wie Sie Ihre wahren inneren Kräfte sofort einsetzen* in die Höhe und warf es hinein. »So, jetzt sind die wahren inneren Kräfte eingesetzt.« Bruder Theo schleuderte *Die sieben Wege zur Effektivität* hinterher. Die ehemaligen theologischen Rivalen fielen sich in die Arme.

Wir standen jeder mit einem Glas in der Hand um das wärmende Feuer herum und sangen unsere Abendandacht.

---

[44] Weihwasserwedel

Es lag eine eigenartige Zufriedenheit in der Luft. Vielleicht erlebten wir jetzt den inneren Frieden, den die alten Märtyrer am Vorabend ihrer Hinrichtung erfahren hatten. Aber vielleicht war es auch nur der Figeac.

Unser Besuch traf am nächsten Tag, der in Kana nur noch »Kongofreitag« hieß, kurz vor zwölf Uhr mittags ein.

Der Abt war die Herzlichkeit in Person. »*60 Minutes*, darf ich Ihnen das Bundesamt für Alkohol, Tabak und Schußwaffen vorstellen. BATF, darf ich Sie mit *60 Minutes* bekannt machen. Und nun, meine Herren, wenn Sie mir bitte folgen würden.«

Mike Wallace schnupperte, als wir in die Weinkellerei gingen. »Hat es hier gebrannt?«

Der Abt zwinkerte ihm zu. »Ach, wir haben gestern ein paar Ketzer auf dem Scheiterhaufen verbrannt. Wir sind sehr altmodisch hier.«

60 Minutes schaltete prompt die Kamera ein. Der Abt schaltete prompt seinen TV-Modus ein. »Ein schöner Tag für die Arbeit im Dienste des Herrn.« Er winkte einer Busladung eben ankommender Pilger überschwenglich zu. »Gott segne euch! Gott segne euch!« Als wir am Fuße des Mount Kana vorbeikamen, rief er zu einer anderen Gruppe hinauf: »Recht so! Immer dem Gipfel entgegen!« Dann fing er an, das Lied aus *Meine Lieder – Meine Träume* zu singen. Als er an die Stelle kam, wo es hieß, man solle jedem Regenbogen folgen, wurde es Mike Wallace zuviel.

»Soweit ich weiß, wurden Sie von einem Pilger verklagt, der auf Ihrem Berg erheblich zerkratzt wurde«, sagte er.

»Wer kann schon Gottes ewigen Ratschluß ergründen?« gab der Abt zurück. »Und hier haben wir unsere Grotte des himmlischen Trostes, wo so viele Pilger ihre Last von sich warfen …«

»Wo sind die Krücken?« verlangte Mike Wallace energisch zu wissen.

»Wenn Pilger sich entschließen, persönliche Habe wie etwa Krücken, Rollstühle, Stöcke, Brillen oder Beatmungsgeräte hier zurückzulassen – wozu wir in keiner Weise ermuntern, Mike –, dann spenden wir diese Gegenstände wohltätigen Organisationen. Wir behaupten nicht, daß unser Wein körperliche Gebrechen heilt.« Er machte eine Kopfbewegung zu den beiden streng dreinblickenden Beamten hin. »Das wäre nämlich strafbar. Aber wir leben in einem freien Land, und wenn jemand behauptet, er wäre durch unseren Wein von einer schrecklichen Krankheit geheilt worden, dann können wir ihm das kaum verbieten. Ah, da sind wir ja schon im Herzen von Kana – in unserer Weinkellerei.«

Wir betraten die zu ebener Erde gelegene Abfüllerei. Dutzende von Mönchen standen in ihren Arbeitsschürzen herum.

»Und warum arbeiten die Geräte nicht?« fragte Wallace.

Mit erstauntem Blick antwortete der Abt: »Aber Mr. Wallace, es ist zwölf Uhr mittags – für den Orden des Heiligen Thad eine geheiligte Stunde. Um zwölf Uhr mittags machte unser Ordensgründer seine vorletzte Kasteiung durch. Er stand vor einem Bordell in Aleppo und prangerte die Sündhaftigkeit in diesem Haus an.«

»Und?«

»Wie sich herausstellte, war der Sultan dort gerade zu Gast.«

Der Abt neigte das Haupt und sprach: »Lasset uns beten.«

Alle Mönche neigten das Haupt. Der Abt las laut auf Latein aus dem Brevier vor. Er beendete die Lesung in der Mittagshore und fuhr dann ohne Unterbrechung mit den Lesungen für die nächsten drei Wochen fort, um soviel Zeit wie möglich zu schinden. Die Polizei und *60 Minutes* wurden sichtlich ungeduldig – genau, wie der Abt es wollte. Endlich klappte er das Buch zu und sagte: »Kommt, Brüder, lasset uns Wein machen.« Er gab Bruder Alban einen Wink, und der drückte auf die Knöpfe, die die Maschinen in Gang setzten. Flaschen voller Kana-Wein rollten vom Fließband. Der Abt nahm die erste Flasche und hielt sie stolz in die Kamera. »Wissen Sie«, sagte er, »wir machen das jetzt schon so lange, und doch kommt mir jede Flasche noch wie ein eigenes kleines Wunder vor.«

»Woher stammt dieser Wein, Vater Abt?« fragte Wallace. »Nach unseren Informationen ist er nicht Ihr eigenes Erzeugnis.«

Der Abt setzte eine aufrichtig betrübte Miene auf und schüttelte den Kopf. »Ich weiß, Mike, manche Leute, und vor allem unsere Konkurrenz, können es kaum fassen, daß aus einem bescheidenen Kloster wie dem unseren so guter Wein kommt. Doch ich gebe Ihnen mein Wort, jeder Tropfen Wein in dieser Flasche ist hier im Kloster zu Kana gewachsen und eben hier gereift und abgefüllt worden.«

»Dürfen wir mal probieren?« fragte Mike Wallace.

Der Abt zögerte. »Mike, jetzt bringen Sie mich etwas in Verlegenheit. Wie Sie wissen, gibt es eine ellenlange Warteliste für unseren Wein. Diese Flasche steht eigentlich einem Menschen zu, der so viel Interesse zeigte, daß er die Nummer 1-800-TRY-KANA gewählt hat. Doch unser Ordensgründer, der heilige Thad, hat uns gelehrt, daß Gastfreundschaft gleich nach Gottesfurcht kommt, daher kann ich es Ihnen wohl kaum abschlagen.«

Der Abt entkorkte die Flasche und schenkte zwei Gläser ein. Mit großer Geste schwenkte er den Wein im Glas herum und untersuchte ihn auf »Fenster« und andere Qualitätsmerkmale. Als er den unheilvollen Moment nicht weiter hinausschieben konnte, nahm er etwas davon in den Mund. Es war ein großartiger Auftritt. Er nahm die Flüssigkeit in den Mund, schloß mit überzeugend zur Schau gestelltem Wohlbehagen die Augen und schluckte dann heroisch.

»Mhmm«, sagte er. »Also, das nenn' ich … einen Wein.«

Mike Wallace nahm einen kleinen Schluck aus seinem Glas und begann zu würgen. Er drehte sich um und spuckte ihn so diskret wie möglich wieder aus. »Ach du … je. Was ist das denn?«

»Ausgeprägtes Aroma, nicht wahr?« fragte der Abt strahlend. »Das ist der Kana Nouveau. Ich persönlich mag das robuste Flaschenbukett, doch ein ungeübter Gaumen läßt ihn vielleicht lieber noch atmen.«

»Meinetwegen jahrelang«, erklärte Wallace. Er klaubte sich ein großes Stück orangefarbenen Grus aus den Zähnen. »Was ist das?«

»Also Mike«, sagte der Abt. »Wie ich bereits zu Diane Sawyer sagte, Sie können nicht erwarten, daß wir hier unsere Betriebsgeheimnisse preisgeben.«

Mike quetschte den Abt nach Strich und Faden aus, und der zog eine großartige Schau ab, wobei er nicht nur die Fragen verdrehte, sondern auch mitten in jedem potentiell verderblichen Soundbite die Nummer 1-800-TRY-KANA unterzubringen verstand.

Schließlich sah der Abt auf die Uhr – eine halbe Stunde war verstrichen – und rief: »Wie die Zeit vergeht! Ich habe seiner Eminenz dem Kardinal versprochen, ihn noch vor seiner Abreise nach Castel Gandolfo anzurufen. Aber ich glaube, wir haben alles besprochen. Darf ich die Herren zur Tür begleiten?«

Aber die Herren vom BATF waren noch nicht in Aufbruchstimmung. Sie verfolgten weiter, wie die Flaschen vom Band rollten.

»Sie müssen noch Tausende von Kisten abfüllen, Vater«, sagte der Einsatzleiter vom BATF. »Wir bleiben noch. Aber lassen Sie sich nicht aufhalten. Gehen Sie nur und erledigen Sie Ihren Anruf.« Er grinste. »Wir kommen schon zurecht.«

»Wir auch«, erklärte Wallace' Produktionsleiter.

»Wie Sie wünschen.« Der Abt schlug einen unbekümmerten Ton an. »Wenn Sie mich dann entschuldigen wollen, ich übergebe Sie den treuen Händen von Bruder Ty und Bruder Mike.«

Als ich dem Abt hinterhersah, mußte ich seine Gelassenheit im Angesicht des drohenden Untergangs bewundern. Er schien ein wahrer Jünger des heiligen Thad zu sein. Ich dagegen schwitzte Blut und Wasser. Unser Wein würde jeden Moment zu Ende gehen, und wenn das geschah, wollte ich nicht vor einer Kamera von *60 Minutes* stehen. Ich bat Bruder Mike, sich um unseren Besuch zu kümmern, und entschuldigte mich.

»Ich habe Bruder Theo versprochen, ihm bei den Filtern zur Hand zu gehen«, sagte ich.

Ich ging durch die Abfüllerei und machte die Tür zum Filtrierraum auf. Ein Dutzend Mönche standen um den Haupttank herum und starrten düster auf ein Glasröhrchen, das senkrecht an der Tankwand angebracht war. Es war ein Meßgerät, das bis auf den Boden hinabreichte und die Füllmenge anzeigte. Ich schaute auf die orangerote Weinsäule in dem Röhrchen. Sie zeigte, daß der Tank noch zu einem Viertel voll war, und fiel weiter.

»Wir sind fast am Ende«, verkündete Bruder Bob und blätterte – wohl auf der Suche nach Inspiration – in seinem Brevier. »Hat jemand Lust, noch einmal die letzten Worte des heiligen Thad zu hören?«

»Bitte – alles, bloß das nicht«, sagte ich. Ich zog mein eigenes Brevier hervor und schlug es auf, um einen anderen Text zu finden, der unserer qualvollen Lage angemessen war – und siehe da, ich stieß auf eine nur allzu vertraute Stelle. Ich mußte lächeln.

»Okay, hört zu.« Ich las vor.

»Und am dritten Tag ward eine Hochzeit zu Kana in Galiläa; und die Mutter Jesu war da.

Jesus aber und seine Jünger wurden auch auf die Hochzeit eingeladen. Und da es an Wein gebrach, spricht die Mutter Jesu zu ihm: Sie haben nicht Wein.

Es waren aber allda sechs steinerne Wasserkrüge gesetzt, und ging in je einen zwei oder drei Maß.

Jesu spricht zu ihnen: Füllet die Wasserkrüge mit Wasser! Und sie füllten sie bis obenan.«

»Schaut mal – der Pegel!« rief Bruder Benedict. »Er fällt nicht mehr!« Wir unterbrachen unsere Andacht. Und wirklich, der Pegelstand in dem Glasröhrchen war offenbar bei einem Achtel der Füllmenge stehengeblieben.

»Ob sie das Fließband abgestellt haben?« fragte Bruder

Bob. Doch wir konnten nebenan die Flaschen über das Fließband rattern hören.

»Lies weiter!« sagte Bruder Benedict. Ich wußte nicht recht, was da vor sich ging, aber ich fuhr fort:

»Und er spricht zu ihnen: Schöpfet nun und bringet's dem Speisemeister! Und sie brachten's.

Als aber der Speisemeister kostete den Wein, und wußte nicht, von wannen er kam, ruft der Speisemeister den Bräutigam und spricht zu ihm: Jedermann gibt zum ersten guten Wein, und wenn sie trunken geworden sind, alsdann den geringern; du hast den guten Wein bisher behalten.«

»Es steigt!« rief Bruder Bob. »Es steigt!«

Wir starrten voller Verwunderung hin: Der Pegel stieg. Er überwand die Viertelmarke, dann die Hälfte und kletterte immer weiter. Niemand sprach ein Wort. Ein Mönch nach dem anderen bekreuzigte sich, fiel auf die Knie und faltete die Hände zum Gebet, ohne dabei den Blick von dem verblüffenden Schauspiel zu wenden. Bruder Alban liefen die Tränen über die Wangen. Immer wieder flüsterte er das Wort »*Miraculum… miraculum…*« vor sich hin. Selbst die Farbe des Wein schien sich zu verändern. Nun nahm der Kana Nouveau endlich einen tiefen, kräftigen, weindunklen Ton an.

Ich ließ sie weiterbeten und rannte hinaus, um dem Abt Bericht zu erstatten.

Das Team von *60 Minutes* und die BATF-Beamten sahen immer noch zu, wie die Flaschen vom Fließband rollten.

Jetzt war meine Herzlichkeit nicht mehr vorgetäuscht. »Amüsiert ihr euch gut, Leute? Bleibt, solange ihr wollt. Wo dieser Wein herkommt, da gibt es noch viel mehr davon. Wenn ihr etwas braucht, dann kümmert Bruder Mike sich darum.«

Ich war schon halb zur Tür hinaus, da fiel mir auf, daß Bruder Mike gar nicht mehr da war, um ein Auge auf sie zu haben.

»Wo ist denn Bruder Mike?« fragte ich.

»Er ist vor einem Moment weggerannt«, sagte der Produktionsleiter von *60 Minutes*.

Als ich um die Ecke der Weinkellerei bog, sah ich Bruder Mike auf der Eisentreppe zum oberen Faßlager stehen. Er hielt eine Brechstange in der Hand und schien die Tür aufbrechen zu wollen.

Ich hastete die Treppe hinauf. »Gibt's Probleme, Bruder?«

Bruder Mike entgegnete in seiner knappen Ausdrucksweise: »O yeah. Dicke Probleme.«

Mit einem mächtigen Ruck an der Brechstange stemmte er die verschlosssene Tür auf. Dann hob er sein Habit und zog eine schwarze Pistole aus seinem Knöchelhalfter.

»Polizei!« schrie er gegen die Tür und trat kraftvoll dagegen.

Die Tür sprang auf. Drinnen stand der Abt auf der Leiter über dem Faß. In einer Hand hielt er eine Plastikflasche mit der Aufschrift »Purpur«. In der anderen hatte er einen dicken Schlauch, und mit dem füllte er das Faß mit – Wasser.

»*Ecce homo*«[45], rief ich verblüfft aus. »Das erste Wunder unseres kleinen Heilands hier auf Erden bestand darin, daß

---

[45] Lat.: »Sehet, welch ein Mensch!«

er Wasser in Wein verwandelte. Deins besteht darin, daß du Wein in Wasser verwandelst.«

»Bruder«, Mike zeigte jetzt eine funkelnde Dienstmarke vor, auf der BUNDESAMT FÜR ALKOHOL, TABAK UND SCHUSSWAFFEN stand.

»Special Agent Spodak«, verkündete er. »Sie sind wegen Betrugs festgenommen.« Er steckte die Pistole weg und bedeutete dem Abt, er möge die Hände ausstrecken, die er sodann in Handschellen legte. »Tut mir leid, Vater.« Als er mir Handschellen anlegte, entschuldigte er sich nicht. Er zog ein Walkie-Talkie hervor und sprach hinein. »Onkel eins, ihr könnt anrücken.«

Er führte uns über die Treppe in die Abfüllerei zurück, wo er uns seinen Kollegen vom BATF übergab. Der Kameramann von *60 Minutes* arbeitete auf Hochtouren, um die kostbaren Bilder von Mönchen in Handschellen in den Kasten zu bekommen.

Als wir abgeführt wurden, kam uns Bruder Jerome entgegengerannt.

»Noch ein Wunder!« rief er. »Die Weinstöcke bewegen sich!«

Wir sahen zum Weingarten hin. Und wirklich, ein paar grüne Weinstöcke bewegten sich offenbar hügelabwärts auf uns zu. Dann hörten wir in der Ferne das *whop-whop-whop* von anrückenden Hubschraubern. Im nächsten Moment kamen mehrere Lieferwagen angeprescht. Die Hintertüren flogen auf, und ein Sondereinsatzkommando kam mit der Waffe im Anschlag herausgeklettert und nahm Aufstellung. Die Hubschrauber, die jetzt direkt über uns waren, wirbelten Staub auf und ließen uns das Habit bis über die Taille hochwehen, so wie die Röcke von Marilyn Monroe auf dem U-Bahn-Gitter. *60 Minutes* schwebte im siebten Himmel.

»Ist das unbedingt notwendig?« brüllte der Abt durch den Hubschrauberlärm die Leute vom BATF an, während er schamhaft versuchte, sein Habit mit den gefesselten Händen nach unten zu halten. »Rechnen Sie etwa mit bewaffnetem Widerstand, Herrgott noch mal?«

Der Einsatzleiter vom BATF bedeutete »Bruder« Mike, er solle uns die Handschellen abnehmen. Er winkte die Hubschrauber fort, die daraufhin um Mount Kana kreisten und die Pilger in alle vier Winde zerstreuten. »Religiöser Kult in befestigter Fluchtburg«, erklärte er dem Abt. »Ist seit Waco so geregelt.«

»Alles streng nach Vorschrift«, sagte Special Agent Mike. »Mann, die wär'n auch mit Panzern und APCs[46] angerückt, wenn ich denen das nicht ausgeredet hätte.«

»Gott segne dich, mein Sohn«, knurrte der Abt zwischen den Zähnen hervor.

»Okay, holen wir die Bande zusammen«, sagte der BATF-Einsatzleiter. Special Agent Mike schlug vor, uns im VIP-Zentrum für Innere Einkehr in Gewahrsam zu nehmen. Die Zenturios hielten die Waffen im Anschlag, während wir unsere Via Dolorosa[47] zurücklegten. BATF-Beamte bellten die Pilger über Lautsprecher an: »Räumen Sie den Berg! Sie befinden sich am Tatort eines Verbrechens! Kehren Sie umgehend zu Ihren Bussen zurück!« Verwirrt und verschüchtert preßten die Pilger ihre Souvenir-Maßkrüge an sich und starrten unsere seltsame Prozession ungläubig an. Es war

---

[46] Armored Personnel Carriers, d.h. gepanzerte Mannschaftswagen
[47] Der Kreuzweg Jesu nach Golgatha in Jerusalem

allles sehr peinvoll. Der heilige Thad wäre begeistert gewesen.

Wir wurden in das Konferenzzentrum abgeführt. Dort trafen immer mehr in Gewahrsam genommene Mönche ein; diejenigen, die bei der Feldarbeit festgenommen worden waren, wurden von Beamten in Weinstocktarnung begleitet. Als wir endlich alle versammelt waren, trat der Einsatzleiter vor und sprach: »Sie haben das Recht, zu schweigen …«

»Das wissen wir«, sagte der Abt. »Wir sind ja Mönche.«

Der Beamte klärte uns vollständig über unsere Rechte auf. Dann wies er »Bruder« Mike an: »Abzählen und fortschaffen.«

»Verzeihung«, sagte der Abt. »Darf ich etwas sagen?«

Der Einsatzleiter nickte.

»Es gibt keinen Grund, uns alle festzunehmen. Das Ganze ist meine Schuld. Ich übernehme die volle Verantwortung für sämtliche Straftaten, die hier begangen wurden.« Mehrere BATF-Beamte zückten ihren Notizblock und begannen zu schreiben.

»Vorsicht, Vater«, flüsterte ich. Doch er beachtete mich nicht und redete weiter.

»Ich bin der Hirte, und das ist meine Herde. Ich habe sie irregeleitet. Was immer sie taten, haben sie auf meine Anweisung hin getan. Ich selbst ließ mich von den Werken falscher Propheten und der Verheißung mühelosen Profits verführen. Und als ich endlich zur Besinnung kam, war es bereits zu spät. Wir waren selbst betrogen worden und hatten unser Geld verloren. Glauben Sie mir, wir wollten diese Bestellungen mit richtigem Wein ausführen. Wir hätten nur noch etwas Zeit gebraucht. Das mit der Purpurfarbe war lediglich für Sie inszeniert. Diese Flaschen hätten wir nicht ausgeliefert. Aber ich weiß, daß wir die Gesetze unseres Landes übertreten haben, und dafür muß jemand geradestehen. Halten Sie sich an mich. Das sind gute Mönche. Wenn sie ein Verbrechen begangen haben, bestand es darin, daß sie mir glaubten.«

Die BATF-Beamten steckten die Köpfe zusammen. Sie winkten Special Agent Mike heran. Ich sah, wie er nickte. Der Einsatzleiter fragte den Abt: »Sind Sie bereit, diesbezüglich eine eidesstattliche Erklärung abzugeben?«

»Ja«, sagte der Abt.

Special Agent Mike half einem Agenten, die Erklärung auf dem Computer des Abts zu tippen. Der Abt las sie durch und unterschrieb, wobei er ein handschriftliches »*Mea culpa*« hinzufügte. Dann bat er den Einsatzleiter: »Darf ich ein paar Minuten mit meinen Mönchen allein bleiben, um mich zu verabschieden? Wir würden gern das Gebet sprechen, das unser Ordensgründer sprach, bevor er durch irdische Gewalt den Tod fand.«

Der Einsatzleiter gab sein Okay. Das BATF ließ uns allein.

Der Abt ging in sein Schlafzimmer. »Ich muß dich kurz sprechen, Ty.« Ich folgte ihm hinein. Er legte Zivil an – Khakihosen und Jackett.

»Du willst wohl nicht im Habit ins Gefängnis gehen.« Mir war traurig zumute. Er bückte sich und machte ein Schränkchen auf. Innen war ein kleiner Safe. Er drehte an der Zahlenkombination, öffnete ihn und zog eine Brieftasche, einen Paß und bündelweise Hunder-Dollar-Scheine heraus.

»Der persönliche Hedge Fund des Abts«, murmelte er.

»Ob du das im Gefängnis brauchst?« fragte ich.

»Ty«, sagte er, wobei er weitere Sachen in einen kleinen Rucksack stopfte. »Ich möchte, daß du mir die Beichte abnimmst.«

»Aber ich bin doch kein Priester. Ich bin nur ein Bruder. Ich kann keine Beichte abnehmen.«

»Wenn es ein Notfall ist, doch«, sagte er. Er bekreuzigte sich rasch und sagte: »Segne mich, Bruder, denn ich habe gesündigt und werde weiter sündigen. Da dies eine Beichte ist, darfst du nichts von dem verraten, was ich dir jetzt sage; du bist also in keiner Weise verpflichtet, es den Behörden zu melden. Daher machst du dich nicht mitschuldig.«

»Mitschuldig woran?«

»Ich gehe nicht ins Gefängnis.«

»Nein?«

»Nein. Ich werde dafür sorgen, daß jemand anders ins Gefängnis kommt. Ich werde dieses Mistvieh von Monsignore auftreiben, egal, wo er steckt, und ihn ins Gebet nehmen, daß ihm Hören und Sehen vergeht.« Er zog den Reißverschluß seines Rucksacks zu. »Diese und alle meine Sünden bereue ich aus tiefstem Herzen.«

»Aber Vater …«

»Versuche nicht, mich davon abzubringen, Ty. Gib mir einfach meine Buße auf. Obwohl – eigentlich ist das gar nicht nötig. Ich hab schon genug gebüßt, als ich vorhin dieses widerliche Glas Kana getrunken habe.« Er zog eine Grimasse.

Ich folgte ihm vom Schlafzimmer in den Konferenzbereich. Er hielt den Mönchen eine Ansprache. »Brüder, ich bete darum, daß ihr die Kraft findet, eurem Abt zu vergeben. Ich habe mich auf dem Felde der unbegrenzten Möglichkeiten total verrannt. Das Amt des Abts zu Kana war eine große Ehre, derer ich mich nicht würdig erwiesen habe. Doch ich verspreche euch, ich werde mich mit aller Kraft bemühen, Sühne zu leisten für meine Sünden. Ich übergebe euch jetzt den treuen Händen von Bruder Ty. Brüder, lasset uns nun das Haupt neigen und mit ihm beten.«

Während ich aus *Dolores Extremis* vorbetete, klopfte der Abt mir auf die Schulter und verschwand, von den anderen unbemerkt, auf der Treppe in seinen Weinkeller.

Ich betete weiter, solange ich konnte. Nachdem ich das Klopfen des BATF ignoriert hatte, ging schließlich die Tür auf. Special Agent Mike trat ein.

»Na los«, sagte er. »Ich weiß doch, daß das Gebet nicht so lang ist. Ich hab schließlich eine Coverage davon gemacht.« Er warf einen Blick durch den Raum. Als er den Abt nicht fand, durchsuchte er Schlafzimmer, Bad und Medienraum.

»Okay«, sagte er. »Wo steckt er?«

»Er hat gesagt, er wollte noch ein letztes Glas guten Wein trinken«, gab ich zurück. »Er ist in den Keller hinuntergegangen.«

Special Agent Mike stellte sich oben an die Treppe und rief hinunter: »Vater, es ist Zeit. Schluß mit dem Wein. Vater!« Er lief die Treppe hinunter. Einen Moment später kam er mit gezücktem Walkie-Talkie wieder hinaufgerannt.

»Onkel eins. Big Daddy ist entwischt. Wie's aussieht, ist er durch die Hintertür vom Weinkeller raus. Alles abriegeln.«

Er sah uns an. »Wann ist er abgehauen? Wie lange ist das her?«

Bruder Jerome fragte unschuldig: »Vater Abt ist weg?«

»Bruder«, Mike starrte ihn an. »Hast du das nicht gewußt?« Er ließ den Blick über die verblüfften Gesichter schweifen. »Na schön, Brüder. Sagen wir mal, ihr habt nichts gewußt. Aber jetzt kommt keiner mehr raus. Wer hat einen Schlüssel zur Hintertür von dem Keller?«

Ich ging mit ihm hinunter und schloß auf. Er rannte auf den Parkplatz, wo es bereis von BATF-Männern wimmelte. Sie kletterten in Reisebusse voller abreisender Pilger und hielten dort Ausschau nach einem Abt.

Ich stand im Kellereingang und betrachtete das seltsame Schauspiel, und da sah ich sie plötzlich vor dem Pilgerzentrum stehen.

Zuerst glaubte ich, es sei eine Halluzination. Schließlich hatte ich einen anstrengenden Tag hinter mir. Doch dann sah sie mich und winkte. Sie durchquerte das Chaos auf dem Parkplatz und kam auf mich zu.

»Was machen diese Leute hier?« fragte sie.

»Was machst *du* denn hier?« fragte ich zurück. »Ich dachte, du bist auf Kuba. Oder jetzt schon auf den Cayman Islands.«

»Wie bitte?«

»Mitsamt deinem märchenhaften Monsignore und unseren sechzehn Millionen Dollar.«

»Ohhh«, machte sie. »Er hat euer ganzes Geld mitgenommen? Kein Wunder, daß ihr die Polizei gerufen habt.«

»Nein, die Polizei ist hinter dem Abt her.«

»Hinter dem *Abt*?« Philomena schüttelte den Kopf. »Da laß ich euch Jungs mal vier Tage allein, und bei meiner Rückkehr herrscht hier der militärische Belagerungszustand.« Sie fing an zu lachen. »Vielleicht hätten wir damals doch einen Wallgraben bauen sollen.«

Ich gab ihr einen Bericht über unsere vergangene Woche.

»Das mit mir und Kuba verstehe ich immer noch nicht«, sagte sie. »Wie kommst du darauf, daß ich mit einem Priester durchbrennen würde?«

»Was sollten wir denn denken? Er ist weg, du bist weg. Du hinterläßt eine mysteriöse Nachricht, in der du um Verzeihung bittest. Und mal ehrlich, er sieht *tatsächlich* aus wie Richard Chamberlain.«

»Ich mußte einfach mal raus. Maraviglia hatte das Pilgerzentrum geschlossen. Ich mußte irgendwohin, wo ich nachdenken kann. Und das sollte möglichst kein Kloster voll von Gaunern und Betrügern sein.«

»Ich verstehe, was du meinst«, sagte ich. »Und wohin bist du gegangen?«

»Nur die Straße hoch. Ich habe mich zur inneren Einkehr in das Nonnenkloster zurückgezogen.« Sie sah schüchtern zu Boden. »Ich habe eine Entscheidung getroffen. Ich werde Nonne.«

Es dauerte ein Weilchen, bis ich die Sprache wiedergefunden hatte. Erst war ich starr vor Schreck, dann ging ich auf sie zu und nahm sie in die Arme.

Wir standen immer noch engumschlungen da, als zwei BATF-Beamte vorbeikamen und stehenblieben, um sich das anzusehen.

»Komisches Kloster ist das hier«, bemerkte der eine.

Wir verdrückten uns in den Weinkeller. Dort stand eine offene Flasche Figeac auf dem Tisch – vermutlich hatte der Abt hier unterwegs haltgemacht und sich noch ein letztes Gläschen genehmigt. Zur Feier von Philomenas neuer Berufung schenkten wir uns zwei Gläser ein.

Wir redeten auch über meinen letzten Börsentip. »Ich begreife ja, warum es dumm von uns war, Deepaks Rat zu folgen«, sagte ich. »Aber wie unser Brevier sich so irren konnte, das begreife ich nicht. Die Sache mit den Geldwechslern und den Tauben war doch ziemlich klar.« Ich zeigte ihr die Stelle. Sie las sie aufmerksam durch.

»Das Brevier hat sich nicht geirrt«, sagte sie. »Ihr habt es bloß falsch verstanden. Die Geldwechsler wurden gestürzt – und die Geldwechsler wart ihr.«

»Okay«, sagte ich. »Aber was ist mit den Taubenkrämern?«

»Die Taubenkrämer wart ihr auch. Tumbe Toren und Krämerseelen. Man muß schon eine tumbe Krämerseele sein, wenn man auf die Bücher da reinfällt. Nur ein Blödmann glaubt an diese Wie-werde-ich-reich-Gurus. Wenn einer das Geheimnis des Reichtums ohne Mühe kennt – warum verrät er es dann für 9 Dollar 95?«

Natürlich hatte sie recht. Unser Brevier hatte uns wieder einmal eine ewige Weisheit kundgetan. Dort unten im Weinkeller des Abts lernte ich das Siebte Gesetz des geistigen und finanziellen Wachstums:

VII.

WER MIT EINEM WIE-WERDE-ICH REICH-BUCH REICH WERDEN WILL, MUSS SELBST EINS SCHREIBEN.

Marktmeditation Nummer Sieben

Wie viele Menschen kennst du, die Wie-werde-ich-reich-Bücher gelesen haben?

Wie viele davon sind reich geworden?
Was glaubst du wohl, wo Maraviglia jetzt steckt?
Meinst du, der heilige Thad hat gewußt,
daß der Sultan da in dem Bordell war?

Ehrlich gesagt, hast du schon bessere Fragen gestellt. Aber wir haben ja alle einen anstrengenden Tag hinter uns.

Laß den Kopf nicht hängen. Du hast immer noch das Zeug zum Erfolg. Ja, du bist ein ganz wunderbarer Mensch.

Okay, jetzt geht's an die Übungen. Zuerst was zum Aufwärmen. Geh' ans Regal und hole alle Bücher heraus, die einen schnellen Weg zu Reichtum, Macht, Sex und einem freien Parkplatz versprechen. Jetzt schau' bei jedem Buch auf dem Umschlag nach. Steht da was von einer Millionenauflage? Etwa so: »KAM AUF ANHIEB IN DIE INTERGALAKTISCHEN BESTSELLERLISTEN! ÜBER 4 MILLIONEN MAL VERKAUFT!« Mal angenommen, der Autor bekommt etwa drei Dollar pro Buch. Nimm ein Stück Papier zur Hand. Teile es in zwei Spalten ein. Links notierst du, wieviel das Buch dem Autor eingebracht hat. (Beispiel: »$12 Millionen«). In die rechte Spalte trägst du ein, wieviel dieses Buch dir eingebracht hat. (Beispiel: Minus $9,95).

Wiederhole das bei jedem einzelnen Buch. Dann rechne beide Spalten zusammen. Wenn dein Gesamtprofit größer ist als der Gesamtprofit der anderen – Moment mal, du willst mich wohl auf den Arm nehmen?

Wenn der Autorenprofit um einen Faktor von beispielsweise fünf zu einer Milliarde größer ist als deiner – welche Lehre können wir dann daraus ziehen? (Hinweis: Denk an die »tumben Toren«!)

Nur keine Panik. Es ist noch nicht aller Tage Abend. Wir

haben noch ein Gesetz vor uns – und wir haben das beste bis zum Schluß aufgehoben!

Gebet des wahren Selbsthilfekünstlers

O Herr, der Du Dein Volk führtest, als es wanderte im finsteren Tal, führe auch mich auf all meinen Wegen durch die Abteilung Lebenshilfe im Buchladen. Laß mich erkennen, welchem Leben mit all diesen Büchern wahrhaft geholfen wird, auf daß alles, was ich im Schweiße meines Angesichts verdiene, in meiner eigenen Tasche bleibt, und laß mich nicht wanken im Angesicht derer, die danach trachten, daß ich pro-aktiv werde. Und gib, daß ich die wunderbare Weisheit begreife, die am Ende des nächsten und letzten Kapitels meiner harrt.

Das siebeneinhalbte Kapitel

Ein Sendschreiben des Abts
Eine neue Mission für Kana
Das letzte und erhabenste Gesetz

Kana war der Aufmacher in *60 Minutes* an dem Sonntag. Da der Abt jetzt zur internationalen Fahndung ausgeschrieben war, stand er im Mittelpunkt. Es gab einen Videozusammenschnitt von seiner klösterlichen Karriere – von dem Hochzeits-Spot über die Bootsfahrt mit dem Gespenst Sebastian bis hin zu den Handschellen. Ich litt Qualen, als man sah, wie er Hugh O'Toole etwas von einem »geheimen Zusatzstoff, den wir Liebe nennen«, erzählte, und nach einem raschen Schnitt erschien dann der BATF-Beamte mit dem Plastikkrug voll Purpurfarbe, auf dem jetzt BEWEISSTÜCK stand. Gewissenhaft wie immer brachte *60 Minutes* auch ein Interview mit Señor Baeza auf seinem Weingut im Maipo Valley und hatte ein paar höchst unzufriedene Kunden aufgespürt, darunter auch eine Frau, die sich die Hüfte gebrochen hatte, nachdem sie im Rausch ihren Gehwagen weggeworfen hatte.

»Das BATF hat die Weinkellerei zu Kana geschlossen«, gab Mike Wallace bekannt. Im Hintergrund wurde ein Bild des Abts mit der Überschrift GESUCHT WIRD eingeblendet. Mir schien, Mike Wallace lächelte ein wenig, als er seinen Bericht mit den Worten beendete: »Wo dieser *ungewöhnliche* Mönch sich zur Zeit aufhält, weiß wohl nur Gott allein.«

Das BATF fand schließlich heraus, daß der Abt sich in einen

Reisebus einschlichen hatte, der von der Ortsgruppe Montreal der St.-Blasius-Gesellschaft gechartert war. Einem Gerücht zufolge war er in einen Zug nach Toronto gestiegen. Einen Monat später wurde im Princess Hotel auf Grand Cayman Island ein ihm ähnlich sehender Mann beobachtet, der den Barkeeper ausfragte – und ebendort war in der Vorwoche ein Mann abgestiegen, der Monsignore Maraviglia ähnlich sah. Danach verlor sich die Spur.

Die *60-Minutes*-Sendung ließ Vater Hans schlagartig aktiv werden. Wir machten einen Deal mit dem Vatikan: Wenn sie den Kunden ihr Geld für sämtliche nicht ausgeführte Weinlieferungen erstatteten, würden wir nichts von ihrem diebischen Monsignore preisgeben. Durch die Rückerstattungen war unser Fall für das BATF erledigt. Vater Hans mußte es mir schriftlich geben, daß wir Mönche in Kana bleiben durften und nicht »zu Liebestätigkeiten an einen nicht im beiderseitigen Einvernehmen festgelegten Ort entsandt werden, was insbesondere auch für Kisangani in der Republik Zaire gilt«.

Unsere Schulden waren bezahlt, doch jetzt fanden wir uns in einer altvertrauten Lage wieder – kein Geld auf der Bank und keinerlei Einkünfte in Sicht. Sollten wir wieder ins Weingeschäft einsteigen? Markenbewußtsein hatten wir uns gewiß geschaffen – das war die gute Seite. Es war aber zugleich auch der Haken an der Sache. Als neuernannter Abt zu Kana mußte ich mir für die Zukunft des Klosters etwas einfallen lassen – wenn es denn eine hatte.

Eines Tages saß ich am Schreibtisch und studierte einen Katalog mit Geräten zur Weinherstellung, als Bruder Jerome mit einem Brief hereingerannt kam.

»Die Handschrift!« rief er aufgeregt.

Ich erkannte sie sofort. Der Brief war in Caracas abgestempelt. Ich öffnete ihn und las:

Lieber Bruder,

ich hoffe, dieser Brief ist in Deine Hände gelangt und nicht in die eines widerlichen Staatsspitzels. Sollte letzteres der Fall sein, wäre es reine Zeitverschwendung, wenn Sie Hubschrauber nach Venezuela schicken. Da bin ich nicht mehr.

Tut mir leid, daß ich so überstürzt aufbrechen mußte. Es hat mir Auftrieb gegeben, als ich in dem Artikel in der Herald Tribune *las, daß das* BATF *sich mit euch geeinigt hat. Wie ich von gewissen sizilianischen Freunden erfahren habe, konntet ihr Vater Hans bewegen, einen Teil dessen abzudrücken, was man uns gestohlen hat. Bene! Sie haben mir auch berichtet, daß ihre restlichen Außenstände beglichen sind. Trotzdem hat dieser figeacschmarotzende, fußballnärrische heilige Halunke noch eine Menge eingesackt, und ich hab mir fest vorgenommen, ihm das wieder abzujagen, bevor er alles verpulvert hat. Wenn ich den zu fassen kriege, dann lernt er die letzten Worte des heiligen Thad mal in meiner Lesart kennen. Eins kann ich Dir flüstern, wenn ich mir Monsignore M. vorgeknöpft hab, werden alle sagen: ›Wahrlich, dieser Mann hat Schmerz erfahren‹.*

Ich habe viel an Euch gedacht. Habt Ihr Pläne für ein neues Weinsortiment? Ich bin wahrlich nicht berufen, Euch Ratschläge zu erteilen, aber ich geb' Sie euch trotzdem. Steigt aus dem Weingeschäft aus. Vergeßt auch den anderen Klosterkram – Käse, Marmelade, Kuchen etc. Werdet ein postindustrielles *Kloster. Kehrt zurück zu dem Hauptgedanken der Religion: der Verbreitung spiritueller Moti-*

*vation. Ich denke da nicht an Selbsthilfe, sondern an Selbst*hoffnung. *Kehrt zurück zu der Hauptaufgabe des Klosters, dem Erhalt und der Verbreitung ewiger Weisheit. Fahrt die Betriebskosten runter – schmeißt Eure rostigen Fässer weg – und gebt den Menschen, was sie (von gutem Wein zu vernünftigen Preisen abgesehen) wirklich brauchen. Mit einem Wort: Verkauft Trost statt Most.*

Ich muß Schluß machen. Will gleich zu einem Fußballspiel, das sehr interessant werden könnte.

Gott segne Euch alle, und denkt daran, daß Ihr das Beste bis zum Schluß aufhebt.

Euer (ehemaliger) Abt

Ich nahm den Brief und ging die Straße hinauf zu Philomena, die dort bei den Nonnen ihr Noviziat ableistete. Wir trafen uns im Besuchszimmer.

»Der Abt scheint fest entschlossen, sich Monsignore Maraviglia zu schnappen«, sagte ich. »Ich wäre liebend gern dabei, wenn es soweit ist.«

»Ich auch«, sagte sie.

»Daß jemand vom Spielteufel besessen ist, kann ich ja noch verstehen. Es ist eine Krankheit. Vielleicht hat er das von seinem Vater geerbt. Aber warum er unser ganzes Geld mitgenommen hat, das begreife ich nicht.«

»Ich glaube, er wollte so tun, als ob Geld ihm nichts bedeutet. Es hat ihm aber doch etwas bedeutet. Er ist in reichen Verhältnissen aufgewachsen, und dann hat sein Vater alles verloren. Darum ist er auch in den Vatikan gegangen – das war fast so, als wäre er wieder reich. Aber Blutschpiller hat er gehaßt. Er war regelrecht entzückt, weit fort von ihm zu sein. Was glaubst du wohl, warum er so lange bei uns geblieben ist? Als er von dir erfahren hat, daß Blutschpiller unterwegs ist, da war er am Boden zerstört.«

»Welche Martern des heiligen Thad der Abt wohl für ihn auserkoren hat?«

»Wahrscheinlich fängt er damit an, daß er ihm den Kopf abhackt«, sagte Philomena.

»Meinen Segen hat er. Aber seine anderen Ideen in dem Brief – ich weiß nicht recht. Was soll das heißen: ›Verkauft Trost statt Most?‹ Hört sich an wie wiederaufgewärmter Deepak. Warum können wir nicht einfach anständigen Wein machen?«

»Ty«, sagte sie. »Vergiß das mit dem Wein.« Sie sah sich den Brief an. »Die Idee mit dem ›postindustriellen Kloster‹ gefällt mir. Auch die Sache mit der ›Hauptaufgabe‹. Ich glaube, mit den niedrigen Betriebskosten hat er recht. Früher hat die Kirche Ablaßbriefe verkauft – die Leute haben bares Geld bezahlt, damit sie nicht so lange im Fegefeuer sitzen mußten. Das nenn' ich niedrige Betriebskosten.«

»Also, wenn ich in den Ablaßhandel einsteige, engagiere ich auf jeden Fall dich und Brent für das Infomercial. *Moment mal, Sebastian. Willst du damit sagen, daß die nächsten fünfzig Anrufer je eintausend Tage von ihrer Zeit im Fegefeuer erlassen kriegen – und das zu dem unglaublichen Sonderpreis von nur 19 Dollar 95? Und diese praktische Kühltasche für den Strand gibt's gratis dazu?* Der Ablaßhandel war nicht gerade ein Glanzpunkt der Kirchengeschichte. Aber es gab die Reformation. Ich wiege mich in dem Glauben, daß es der Kirche nicht nur ums Geld geht. Schließlich legen Mönche tatsächlich ein Armutsgelübde ab.«

»Hey«, sagte sie, »als alleinstehender Mann, der keine Familie zu ernähren hat, kann man gut wider die Übel des Geldes predigen. Früher, als die Klöster auf adelige Spender angewiesen waren, die nicht wollten, daß die Bauern ein begehrliches Auge auf ihre Reichtümer warfen, kam ihnen diese Botschaft sehr gelegen. Machen wir uns nichts vor, Geld ist durchaus wichtig. Warum sollte der Mensch kein Geld haben wollen?«

»Ah, verstehe. Die Bergpredigt lag einfach ein bißchen daneben. Eigentlich wollte Jesus sagen: ›Gesegnet seien die Geldscheffler, denn sie werden ausländische Schlitten fahren.‹ Das glaubst du doch selber nicht. Du wärst doch nicht hier im Kloster, wenn du das glauben würdest.«

»Nein«, sagte sie geduldig. »Natürlich müssen wir den Menschen sagen, daß Geld nicht alles ist. Es gibt Wesentlicheres. Aber wenn man keine Geldsorgen hat, fällt es viel leichter, sich auf das Wesentliche zu konzentrieren.«

»Ich glaube, ich kann dir folgen«, sagte ich.

»Ich will nur sagen, daß sie viel eher geneigt sind, auf uns zu hören, wenn wir ihnen erklären, wie sie mehr Geld verdienen können.«

»Du willst also, daß wir Selbsthilfegurus werden? Du hast doch selbst gesagt, daß die ihre Leser verdummen.«

»Klar tun sie das. Weil sie reich werden wollen. Darum kann man ihnen ja nicht trauen.« Sie sah mich verschmitzt an. »Aber nimm doch mal an, da weiß jemand, wie man reich wird, er ist sogar berühmt für seine cleveren Investitionen, aber er will trotzdem arm bleiben. Jemand, der garantiert integer ist – *weil er nämlich ein Armutsgelübde abgelegt hat.*«

Und so geschah es, daß aus dem VIP-Zentrum für Innere Einkehr des Abts tatsächlich ein Zentrum für die Einkehr von VIPS wurde. Die Lösung war die ganze Zeit zum Greifen nah gewesen. Binnen kurzem waren wir total ausgebucht mit VIPS, die Inspiration und Motivation in ruhiger, idyllischer Umgebung suchten, von einem berühmten Namen ganz zu schweigen. Kana wurde der In-Treff für die kollektive Innere Einkehr großer Firmen. Börsenhändler von der Wall Street wollten die Geschichte hören, wie Unser Broker Kana gerettet hatte. Sie waren auch ganz entzückt, daß das Kloster der Schauplatz eines Skandals gewesen war. Bruder Bob, der jetzt für Reservierungen zuständig war, berichtete mir, die forschen Typen von der Abteilung Fusion und Übernahme wollten stets die Privatzelle des Abts haben. Unsere dynamischen Klienten ließen gern ein hübsches Sümmchen dafür springen, daß sie ein paar Tage lang den klösterlichen Alltag und sogar ein wenig Marter erleben durften. Allerdings verlangten sie einen guten Wein aus dem alten Weinkeller des Abts.

Wir hatten mehr zu tun als je zuvor. Die Manager standen vor dem Morgengrauen auf und beteiligten sich an unserer Morgenandacht. Nach einem herzhaften, doch frugalen Frühstück hielt ich meinen Einkehrvortrag über »Die Sieben Gesetze des geistigen *und* finanziellen Wachstums«. Am späten Vormittag gab es spezielle Workshops für die zahlreichen Manager, die ihre Abhängigkeit von Selbsthilfebüchern und Motivationsseminaren überwinden wollten. Bruder Gene ließ bei den ehemaligen Robbinisten keine Gnade walten. Bruder Theo war sanfter – dabei aber höchst effektiv – im Umgang mit den Coveyanern auf dem Wege der Genesung. Der frühe Nachmittag war mit Aktivitäten wie Bergsteigen auf dem Mount Kana, Hindernisrennen im Dorngebüsch und Wildwasserfloßfahrten auf der ehemaligen Kan-a-Kade der Entwicklung vom Teamgeist gewidmet. Dann kam der Haushaltsdienst, danach ein ausgezeichnetes, von unserem jüngsten Neuzugang Frère Philippe zubereitetes Abendessen, dann Gregorianische Gesänge, Meditation und der Schlaf der Gerechten.

Spätnachmittags, wenn unsere Klienten beim Haushaltsdienst die Marmorböden schrubbten oder im Garten arbeiteten, machte ich mit Schwester Philomena, unserer Direktorin für Managerentwicklung, lange Spaziergänge durch die ehemaligen Weingärten zu Kana. Als wir eines Abends vom Gipfel des Mount Kana den Sonnenuntergang beobachteten, sprachen wir über Expansionsmöglichkeiten – für Einkehrwillige gab es bereits eine achtmonatige Wartezeit, Tendenz steigend. Wir wollten nicht, daß Kana völlig zubetoniert und überrannt würde. Gleichzeitig wollten wir aber keinen Menschen abweisen, der das Kana-Erlebnis und die Beschäftigung mit den Sieben Gesetzen suchte. Und als wir so auf die Stelle hinabsahen, wo wir damals unser Feuer entzündet hatten, da kam Philomena die Idee zu diesem Buch. Ich sträubte mich zuerst, aber sie fand es nicht fair, daß wir nur die Wohlhabenden an unserer Weisheit teilhaben lassen.

So entdeckte ich denn das letzte Gesetz, einen Nachtrag zu unserem Siebten Gesetz – »Wer mit einem Wie-werde-ich-reich-Buch reich werden will, muß selbst eins schreiben …«

VII ½.

... ODER DIES HIER KAUFEN

Marktmedition Nummer Siebeneinhalb

Wo kann ich weitere Exemplare dieses wunderbaren Buches kaufen?
Wird es nur in begrenzter Stückzahl abgegeben?
Wenn es in meiner Buchhandlung aufgrund der überwältigenden Nachfrage nicht mehr vorrätig ist, wo kann ich dann noch mehr kaufen – und zwar sofort? (Hinweis: Wählen Sie 1-800-TRY-KANA. Oder rufen Sie www.cana.com. auf.)
Wie kann ich dem Verfasser meine Anerkennung ausdrücken – abgesehen davon, daß ich für dieses Buch keinerlei Rabatt in Anspruch nehme?

Das sind deine besten Fragen bisher! Herzlichen Glückwunsch! Geistig bist du wahrhaft gewachsen. Das Finanzielle kommt schon noch.

Und jetzt noch eine letzte Übung, bevor du losgehst und alle in die Tasche steckst. Nimm ein rießengroßes Blatt Papier – ja, einen ganzen Block. Schreib' die Namen aller Menschen auf, die du kennst. Geh' deine Adreßkartei durch. Kram' den Stapel Visitenkarten raus, den du schon immer mal ordnen wolltest und nie dazu gekommen bist. Hol' die Adressenliste deiner Studienkollegen hervor. Nimm das Telefonbuch zur Hand. Vergiß niemanden! Im Zweifelsfall – hinschreiben!

Jetzt ruf' deine Bank an. Erkundige dich, wieviel du noch auf dem Konto hast. Ruf' die Kreditkartenunternehmen an und stelle deine Kreditlinie fest. Mach' das mit jeder Kreditkarte in deiner Brieftasche. Hast du auch keine vergessen? Was ist mit der alten Mastercard da unten in der Schublade? Erkundige dich, ob du mit der Kundenkarte von der Tankstelle auch Bücher kaufen kannst. Okay, fertig? Jetzt ist Wachstum angesagt.

Gehe in die nächstgelegene Buchhandlung. Nimm dieses Buch und deine Liste mit. Gib die Liste sowie sämtliche Kreditkarten – die Mastercard nicht vergessen! – dem Verkäufer und sag': »Ich möchte dieses Buch an alle Leute hier auf der Liste schicken, und ich möchte keinerlei Rabatt dafür in Anspruch nehmen« (ganz wichtig).

Lächelt der Verkäufer dir zu? Hast du einen neuen Freund gewonnen? Merkst du, wie schön es ist zu wachsen?

Gebet des hemmungslosen Buchkäufers

Herr, der Du die »Frohe Botschaft« geschrieben hast und Deinen ergebenen Diener Bruder Ty angerufen und ihm nicht nur heiße Börsentips diktiert hast, sondern auch die Weisheit hier in diesem Buch, das ich nun in den Händen halte, laß mich auch finanziell so stetig wachsen, wie Du mich geistig wachsen läßt, und mach, daß ich stets den Mut und ausreichend Kredit habe, um noch mehr Exemplare dieses Buchs zu kaufen sowie auch die dazugehörigen Hörkassetten, Kalender, Videokassetten, Aufkleber und T-Shirts, ob mit oder ohne Maß, bis in das siebeneinhalbte Glied. Und wenn Du mich jetzt in der Buchhandlung stehen siehst, da ich in diesen Seiten schmökere und ihre Weisheit zu stehlen hoffe, ohne dafür zu zahlen, dann führe mich auf geradem Wege an Deine Kasse, auf daß ich dem Autor gebe, was wahrlich sein ist.
Amen!